怡情书吧

邱江宁　评注

明清性灵

中华书局

图书在版编目(CIP)数据

明清性灵 / 邱江宁评注. —北京：中华书局，2011.3
(2012.2 重印)
(怡情书吧)
ISBN 978 - 7 - 101- 07824 - 4

Ⅰ.明… Ⅱ.邱… Ⅲ.散文—作品集—中国—明清
时代 Ⅳ.①I264.8②I264.9

中国版本图书馆 CIP数据核字(2011)第 011702 号

书　　名　明清性灵
评 注 者　邱江宁
丛 书 名　怡情书吧
责任编辑　周　旻
出版发行　中华书局
　　　　　（北京市丰台区太平桥西里 38 号　100073）
　　　　　http://www.zhbc.com.cn
　　　　　E-mail:zhbc@zhbc.com.cn
印　　刷　北京天来印务有限公司
版　　次　2011 年 3 月北京第 1 版
　　　　　2012 年 2 月北京第 2 次印刷
规　　格　开本 /700 × 1000 毫米　1/16
　　　　　印张 12¾　插页 2　字数 150 千字
印　　数　8001–12000 册
国际书号　ISBN 978 - 7 - 101- 07824 - 4
定　　价　23.00 元

目　录

前　言

　　本书命名为"明清性灵"，立意是希望不仅收录性灵之文，还要展现性灵之人。何谓"性灵"？明代陆云龙说"率真则性灵现，性灵现则趣生"，"趣近于谐，谐则韵欲其远，致欲其逸，意欲其妍，语不欲其拖沓"（《叙袁中郎小品》）。本书选文的标准和前提即有类于陆氏所云，是以率真、韵逸为基础。所选文章，既轻松富于韵致又灵动而闲远，既文采斐然又意味悠长，兴味长者不拘其篇幅之短小，故事隽者不惧其叙述之繁复，内容妙者无畏其籍籍不名，意致深者终可宽许其琐屑平常。同时，本书特意选编了一些表现明清史上极富个性与生气的真实人物的作品，希望能通过这些人物的活动、兴趣、价值趋向在一定程度上揭示"明清性灵"的产生条件和具象形式。

　　因篇幅所限，本书共选有文章二十五篇。编者在选文时虽然希望能将明清时期的重要作家尽量纳入其中，但考虑到选文宗旨，最终唯有弱水三千，只取一瓢，漏万挂一了。有必要作些说明的是：一、限于篇幅和选文宗旨，本书有知名作家的著名作品未能入选，不知名者的作品倒选在其中的情况。前者例如李贽，他有大量警醒世人、富有思想性、文辞利落的作品，但本书只选了他的《李卓吾先生遗言》，是因为这篇文章更加明心见性，意致深远；再如袁枚，他的文名很大，幽默诙谐、趣味盎然的作品也很多，本书却选了他《续子不语》中的《沙弥思老虎》篇，这是因为当代的流行歌曲《女人是老虎》的歌词从《沙弥思老虎》篇中获得了创作灵感，便有意选中以表达古今融通的意思。后者例如高濂、廖燕、赵南星等人，他们的名字甚至许多普通中文专业的学生都不熟，但像廖燕的《寄家弟佛民》，写僻野山村，村民们光着身子在溪流中坐滩抓鱼的情景，不仅细节有趣，而且文辞清丽、简远，特别动人；高濂的《山窗听雪敲竹》，光是题目就极富雅人深致，其内容更是妙趣横生，让人读后齿颊留香。二、本书尤其注意了有关明清女性的散文。这是因为女性的进步和解放程度代表着整个社会的进步与解放程度。明中叶以来，女性受教育程度以及教育普及程度都较以往有相当大的突破，明清女性所表现出来的风采的确是明清历史中很不容忽略的内容，人们在想见明清文采风流之际，无论如何都不能置她们于不顾。书中《顾媚》、《影梅庵忆语》、《河东君小传》、《黄媛介诗序》、《寿大姊五十序》等都是反映女性的作品，体现出明清女性对爱情、命运、职业、人生、自我等方面的自觉自省。三、本书选了张岱的散文两篇，如果再加上《湖心亭看雪》之后附录的《闵老子茶》的话，就有三篇了。一方面，张岱是明清散文之大宗，其成就代表了明清散文尤其是小品文的最高峰，另一方面，张岱的散文的确极富趣致，最符合本书的选文宗旨。

本书命名突出"性灵"二字，也是基于明清散文的性质而定的。与之前的散文相比，明清时期的散文不仅是数量上突飞猛进，而且写作人群、阅读人群、传播渠道也有了相当大的变化，相比于向来载道言志的古文，明清时期的散文异彩纷呈、别具一格，文中所表现出来的精神、气质往往与今天的人文、事物有许多息息相通之处。这种变化的契机来源于商业消费文化的深刻介入。从明代正统年间实行货币缴税制开始，社会生产关系就以人力不可逆转的方式发生着变化，商品经济与消费文化逐渐在社会关系的变化中深入发展，并影响着人们的价值观、人生观、职业观、审美观。从王阳明到李贽，传统理学所宣扬的克己、禁欲的东西在被消解，关注自我、体察内心的理念在提升，发展到后来，"穿衣吃饭即是人伦物理"，人内心的各种欲念和愿望成为正面被认可的东西，于是乎一切都开始变化。

变化首先从得风气之先的社会精英开始。他们有意识也有能力先把圣人贤哲放倒为普通、庸常之人，以为自己、也为整个社会的变化铺路垫石。李贽说："夫子曰：富贵是人之所欲耶。圣人之心，岂迥与人殊哉？"（《藏书》）袁宏道也跟着说："孔子曰：'富而可求也，虽执鞭之士吾亦为之。'又曰：'爵禄可辞也，白刃可蹈也。'将知爱富贵如此之急，而辞爵禄如此之难，弟亦何人，欲作孔子以上人耶？"（《答吴本如仪部》）以李贽、袁宏道的社会地位和社会影响，连他们都不再高尚于仁义道德，也肯定世俗生活的追求，那平庸、琐屑之辈又何来激情去慕仁效义呢？社会精英们的理论思想有所松动了，于是大量上层文人也跟着鼓吹叠煽，然后是中下层市民寒士追风逐影，最终连那些偏小、鄙远地方的百姓也艳羡随从，社会风气遂披靡成型了。

而必须认清的一个事实是，社会财富的分配并没有随着社会思想和社会关系的变化发生深刻变化，大量的社会财富既然无法进入新型的生产关系和投资渠道发挥效应，则只能转换成个人物欲享受的资财了。又既然社会思想阶层早已为人们的禁欲情绪和克己行为打开心结，那么就没有什么不可为、不可说的了。晚明著名官员俞琬纶，其子记其轶事云：

> 先大夫与一妓善，后有燕，大夫者更召一妓侍饮。异日其与善者邂逅生公石，数呼之勿应，曰："知罪矣。"妓曰："汝知罪，即于此长揖数十，使举山之人大笑，方赦汝。"遂如其言，至妓破颜而止。见者大笑，旁客曰："殊失观瞻。"曰："观瞻吾不惜，恨囊日侍饮人知之，必亦以此法难我耳。"及从闽迁某，适巡抚疏劾曰："聊有晋人风度，绝无汉官威仪。"大夫笑曰："可谓知己。但方聊有，不无遗憾；其言绝无，则感之矣。"（俞良史《先大夫别传》，俞琬纶《自娱集》附录）

俞琬纶是万历四十一年（1613）的进士，"一生仇货利不仇酒色，仇今之道学，不仇古之狂肆"，文采风流，掩映一时，时人包括他的儿子记住和赞赏的也是他脱略于道学、禁欲的放浪形骸和洒然自我。袁宏道在当上吴县县令时曾写信给他姐夫毛太初说：

> 弟已得吴令，令甚烦苦，殊不如田舍翁饮酒下棋之乐也。两甥想益聪明，读书何处？肉铺河畔，三叉港前，恐非陶铸举人进士之所，移至县中如何？大凡教子弟，一要择地，二要出学钱，银中不可夹铜，货中不可夹布，此尤第一紧要

事。……要得富，须真正下老实种田，莫儿戏。人生三十岁，何可使囊无余钱，囤无余米，居住无高堂广厦，到口无肥酒大肉也，可羞也。（《袁宏道集笺注》卷五）

堂堂县令、且是文坛盟主，却原来如此世俗，也由衷地关心着升职、求学、谋利、享受，世道真变了。所谓上行下效，有如此的精英，又有那么发达的传播媒介，明清之际的社会风气可以想见。

当那些拥有绝对财富的社会精英们将他们的才智与聪明致力于日常生活的世俗追求，致力于世俗生活的细节与艺术，致力于风花雪月的审美观照，致力于内心世界的充盈与浸润，我们终于可以明白，为何明中叶之后的文化那么富于个性和多样性，也可以了悟明清散文何以那般曼妙多姿、何以那般莹润妩媚、何以那么容易地就直击我们的心灵。

本书最富个性与特色的地方是每一篇赏鉴。因为有注释和译文，读者完全能了解和领悟文章的意思，所以本书的每篇赏鉴都力图摆脱传统欣赏那种解释文章字句、关注文章谋篇布局、揭示文章主题思想的套路，希望能将笔者对文章的一点灵心妙悟或者一点品文心得与读者分享。因为强调分享，所以赏鉴便不拘一格，或重于思想的辨析、或详于逸事的陈述、或纠结于情感的描摹、或沉酒于文采的纷呈，长则肆笔千言，短则约略几百。不过，笔者虽妄图爽利诙谐、嬉笑怒骂皆成文章，但终究不免笔力单薄、见识浅陋，不当之处，还请读者赐教与海涵。

邱江宁

2010年12月

后知轩记

【明】李开先①

予家城市，人事丛委②，应酬为劳。老母在堂，于礼不能远离③，日惟避喧南园内④。园去城二余里，跨一蹇⑤，携两童，凌晨而出，薄暮而还，稍得塞兑宁神⑥，绎寻旧业⑦，而读所未读之书。园无杂木，柏可三百株，松止有五，计其植日，才四十年，而已成林。虽盛暑，洒然如秋⑧，游人啸咏，多藉坐长松下⑨。园地宜柏而不松，北方重松而次柏。传称亳宜松⑩，安邑宜柏⑪，又谓柏之视松，犹伯之视公也⑫。然则物之轻重及生性，岂不各存乎地与人哉？

【注释】

① 李开先（1502—1568）：开先字伯华，号中麓，别号中麓放客，山东章丘人。嘉靖进士。诗文词曲皆精，著述甚富。与王慎中、唐顺之、陈束、赵时春、熊过、任瀚、吕高等并称"嘉靖八才子"。所作戏曲有传奇三种、杂剧六种，最著名者为传奇《宝剑记》。诗文有《闲居集》。今人辑印其作品为《李开先集》。

② 丛委：繁杂，堆积。

③ 老母在堂，于礼不能远离：《论语·里仁》："父母在，不远游，游必有方。"

④ 南园：李开先在故乡的园林。李开先《南园小集》诗云："小园荒芜久，剪除一径通。疏松高覆屋，密竹自成丛。景物无他异，冠带幸此同。坐来忘主客，其率古人风。"

⑤ 蹇（jiǎn）：驴，亦指驽马。

⑥ 塞兑：谓闭塞耳目口鼻诸感官，与尘嚣隔绝。兑，孔穴。《老子》："塞其兑，闭其门。"

⑦ 绎寻：修治，探讨。

⑧ 洒然：清朗貌。

⑨藉坐：以草荐地而坐。

⑩亳（bó）：古邑名，今属河南。

⑪安邑：古邑名，今属山西。

⑫伯：长子。公：《广雅·释亲》："公，父
　也。"

【译文】

　　我家在城市，人事烦冗，疲于应酬。
老母在堂，从礼法上说又不能远游，只有
每天躲进南园避开喧闹。南园离城里大
约二里来地，我常骑个小毛驴，带两个童
子，清晨出门，傍晚回来，可以稍稍清净一
下，安心宁神，探讨一下往日的学问，读一
些没有读过的书。园内没有杂树，大约有
三百来棵柏树，但只有五棵松树，算算它
们栽植的年份，才四十年而已，却已经成
林了。虽然是盛夏季节，却清朗如秋，游
人歌啸吟咏，多坐在松下草地上。南园的
土质适宜柏树不适宜松树，北方看重松
树，柏树就差些。传说亳州那地方适宜种
松，安邑适宜种柏，又说柏与松的关系，
就好像长子与父亲的关系。只是，物的轻
重和生性，难道不是由于它们的产地和人
的关系么？

洒然如秋

松柏之间，有一草庐，岁久敝漏，不蔽风雨，且卑隘如坐阱中①。不得已改作焉。撤草而覆之以瓦，左右置牖②，前后为门，疏朗空洞，落日后犹能辨蝇头字。中设一扁，名以"后知轩"。夫松柏皆后凋材也，必于岁寒然后知③；又居之四面通明者为轩，孰谓斯名不情称哉？

【注释】

①阱：捕兽的陷坑。

②牖：窗户。

③夫松柏皆后凋材也，必于岁寒然后知：语

出《论语·子罕》："岁寒，然后知松柏之后雕也。"雕，同"凋"。

【译文】

松柏之间，有间草庐，年久失修，又破又漏，也不能遮风挡雨，而且还矮小狭窄，在里面就像坐在陷阱中。不得已将它进行改建。撤去草而盖上瓦，左右都开上窗户，前后安上门，于是房间变得疏朗空洞，太阳下山后还能看清蝇头小字。房门中间安有一块匾额，题着"后知轩"。松柏都是最后凋零的树木，一定要大寒之后才能看出它们的真品质；而且住的地方四面豁亮通畅者称作轩，谁能说这个名字不合适呢？

呜呼！晴暖之日少，阴寒之日多，经残而教弛①，朴散而风漓②，脂委之士③，渝节之臣④，面而不心之交，接踵于天下久矣。在下者，固宜苦志坚心，豫养松柏后凋之节；在上者，尤当扬休布和⑤，不可构成岁寒后知之期云。轩凡三楹，在园之中央，并迤北径亭⑥，同经始于嘉靖甲辰七月望日⑦，毕工于八月朔日⑧，至九月晦日⑨，中麓山人自为之记。

【注释】

① 经残而教弛：经书残缺，教义松弛。

② 朴散而风漓（lí）：谓淳朴之风日衰，而浇薄之俗渐行。漓，薄。

③ 脂委：圆滑柔顺。喻人处世圆滑柔弱。脂委亦可作脂韦。脂，油脂。韦，熟牛皮。《楚辞·卜居》："将突梯滑稽，如脂如韦以洁楹乎？"

④ 渝节：变节。

⑤ 扬休布和：此处谓实行美政，施惠于百姓。扬休，《礼记·玉藻》："盛气颠实扬休。"布和，《礼记·月令》："命相布德和令，行庆施惠，下及兆民。"

疏朗空洞，落日后犹能辨蝇头字。

⑥迤：曲折相连。

⑦经始：开始经营。《诗经·大雅·灵台》："经始灵台，经之营之。"嘉靖甲辰：即嘉靖二十三年（1545）。望日：大月十六日或小月十五日。

⑧朔日：每月第一天，即初一。

⑨晦日：每月最后一天。

【译文】

唉，晴朗暖和的日子少，阴霾寒冷的日子多，经书残漏而教义松弛，淳朴之风日衰，浇薄之俗渐行，圆滑之徒，变节之臣，心口不一的交往，挤挤挨挨，天下皆是。处于下位的人，固然应该磨砺心志，培养自己如松柏后凋般的气节；在上位的人，更应当实行美政，施惠百姓，不要造成下面的人期待艰险时刻显气节的情形。后知轩有三间，位于南园的中间，一直延伸到北径亭。轩与亭同时建造于嘉靖二十三年七月望日，完工于八月初一，一直到九月最后一天，我才写下这篇文字。

李开先这篇《后知轩记》写于嘉靖二十三年，也就是他罢官后三年。

一直在想，闲居的李开先到底靠什么支持他那般风雅的生活呢？李开先家世富庶，到他父亲李淳一辈只能算小康，李淳"年四十始举于乡"，后来接连三次参加会试而不中，然后含恨病亡，死前李淳嘱咐李开先说，务必努力科举以振兴家族。李开先不负重托，29岁即中进士，释褐为官，完成了父亲未了的夙愿。可惜，他年仅四十即得罪权贵被罢官，闲居家中，终日以弈棋、编曲、玩石、藏书为乐。也一直在琢磨，李开先在他为官十年的生涯中，到底积下多大的家业呢？能供他此后一直风雅闲居。无怪乎李开先父亲临终都还交代李开先务必努力科举，看来科举对学而优则仕的士子，待遇的确优厚。

李开先闲居的日子看似相当适意，但也无聊苦闷，内心实际很期待被重新启用，所以给自己休憩的地方取名"后知轩"，倒是希望自己能学习松柏，磨砺气节，等待最终检验的时候。当然他也希望在上的人能够收敛盛气，布施仁惠于下，给下面的人机会。这个期待最终是落空了。李开先从四十岁起罢官居家，到六十六岁去世，闲居家中二十余载。他写成了至今享誉的《闲居集》，"藏书之富，甲于齐东"（清·朱彝尊《静志居诗话》），"精象棋，自许海内无两手"（乾隆《章丘县志》卷九），还是著名戏曲家等等，就是没有再回到官场。而且，作为家中单传，李开先在二子夭折之后，娶妾多房，一直努力生子，可惜也愿望成空。他的人生并不像人们看到的、想象的那么风光、闲雅，其实也落寞得很。

　　唐宋以来留下文字的人们，多有关于庭园院落或者别业山庄的记载，明清之际，这类文字更是帛书难罄，现代人常常艳羡古人如何如何淡泊洒然，笔下文字如何不见烟火气，却常常忽略古人们总是有一间自己的屋子的事实。李开先住在城里，这方便他享受城市的一切便利，但在城郊还有园子，这方便他读书、静思、涵养性格。圣人云"君子远庖厨"，是说君子需要与厨房保持距离，空间如果太窄，君子就难免被柴米油盐的气味所熏染，不能对象化地思考和观照世界。有间屋子静思默想，当然是件很美妙的事，但倘若长年累月的静思，而不投入什么实际的体察与践行的话，恐怕就会对很多东西加入自己的主观化的想法，并不让人觉得可爱。读李开先的这篇《后知轩记》，先会被他每日骑驴去南园的闲适所迷惑，读到后来，却发现文章有些道学气，不免失望。硬把那些松柏上升出一些抽象的思想，实在无趣得很。但介于李开先写《后知轩记》时已经在家闲呆三年的苦闷，也就释然了。古人类似的文章不少，他们的难处也很多。

在下者，固宜苦志坚心，豫养松柏后凋之节；在上者，尤当扬休布和，不可构成岁寒后知之期。

寒花葬志

【明】归有光①

　　婢，魏孺人媵也②。嘉靖丁酉五月四日死③。葬虚丘④。事我而不卒，命也夫！婢初媵时，年十岁，垂双鬟，曳深绿布裳⑤。一日天寒，爇火煮荸荠熟⑥，婢削之盈瓯⑦。予入自外，取食之，婢持去不与。魏孺人笑之。孺人每令婢倚几旁饭，即饭，目眶冉冉动⑧，孺人又指予以为笑。回思是时，奄忽便已十年⑨。吁，可悲也已！

【注释】

①归有光（1506—1571）：有光字熙甫，又字开甫，别号震川，又号项脊生，江苏昆山人。早年从师于同邑魏校。后徙居嘉定（今上海嘉定）安亭，读书讲学，从学者常数百人，人称"震川先生"。提倡唐宋古文，与王慎中、唐顺之、茅坤等被称为"唐宋派"，所作散文朴素简洁，善于叙事。著有《三吴水利录》、《马政志》、《易图论》、《震川文集》、《震川尺牍》、《震川先生文集》等。

②孺人：明清七品官的母亲或妻子的封号。媵（yìng）：侍婢。

③嘉靖丁酉：即嘉靖十六年（1537）。

④虚丘：地名，江苏昆山东南有丘虚镇；二字或倒置。一说，"虚"同"墟"，"墟丘"即大丘、土山。

⑤曳：拖。

⑥爇（ruò）：烧。

⑦瓯：盆、盂类瓦器。

⑧冉冉：柔弱，徐缓。

⑨奄忽：迅疾。

【译文】

　　寒花，是我妻子魏氏的陪嫁侍婢。她死于嘉靖十六年五月初四日。葬在虚丘镇。她服侍我却不到头，这是命吧！寒花刚来做侍婢时，才十岁，双鬟垂耳，常穿着深绿色布衫，逶迤拖地。有一天，天很冷，家里烧火煮荸荠，待荸荠煮熟，寒花将荸荠皮削了，削了将近一盆。这时我从外边进来，要拿了吃，寒花将盆拿开不给我，我的妻子在一旁笑。我妻子每每让寒花倚在小桌边吃饭，寒花要来吃饭时，眼睛总是慢慢溜溜地转，我妻子又指着取笑。回想当时，转瞬间便已十年。唉，真伤感啊！

仕女拈梅，小婢剪花，如此清暇温馨的场景，也应是定格在归有光的记忆中吧。

　　归有光曾被明人誉为"今之欧阳修"，他的散文将生活中的凡人琐事引入文章，在向来载道言志的古文中别具一格、独树一帜。除这篇外，他的散文著名的还有《先妣事略》、《项脊轩志》等，都长于抒情，迂徐平淡，也就是凭这么几篇文章，归有光确立了他在文学史上的地位。这篇文章的动人之处,不在于它传神地描述了一个小女孩的几个生动侧影和生活细节,而在于文章有一种"带泪的微笑"的美,是文章的伤感、哀婉令人动情。

寒花是归有光前妻魏氏的陪嫁侍婢,嘉靖十六年(1537)死时年仅十九,而之前魏氏已于嘉靖十二年(1533)去世。死者已矣,生者也不容易。归有光嘉靖十九年(1540)中举,以后曾八次应进士试皆落第。碌碌奔波中,可藉以安慰的一切,诸如温馨的小屋、温婉的妻子、可人的侍婢、可心的小吃都成回忆,怎不令人伤感动情呢?人称归氏散文"无意于感人",却"欢娱惨恻之思,溢于言表"(明·王锡爵《归公墓志铭》),的确,归氏散文善于融人生凄苦之境于欢娱之景,芳华碎于刹那,令人泫然欲涕。

归有光的这类散文曾打动了王世贞、王锡爵、钱谦益、黄宗羲等一批声名显赫的文人。也是,人生不如意者十之八九,显赫者也不能例外,所以,那些温婉、伤感的文章倒反比那些高文大册更有生命力,更能"长留天壤"了。

答张太史①

【明】徐渭②

仆领赐至也。晨雪，酒与裘，对症药也。酒无破肚赃，罄当归瓮③；羔半臂④，非褐夫所常服，寒退拟晒以归。西兴脚子云⑤："风在戴老爷家过夏，我家过冬。"一笑。

【注释】

① 张太史：即张岱的曾祖父张元忭（1538—1588），字子荩，号阳和，浙江山阴人。天启初，追谥文恭。隆庆五年（1571）中状元，官至翰林侍读。师从王畿，受良知之学，躬为实践。著有《绍兴府志》、《云门志略》、《翰林诸书选粹》、《不二斋文选》等。

② 徐渭（1521—1593）：渭初字文清，后改字文长，号天池山人，或署田水月、田丹水、青藤老人、青藤道人、青藤居士、天池渔隐、金垒、金回山人、山阴布衣、白鹇山人、鹅鼻山侬等别号。浙江山阴人。对"公安派"颇有影响。其杂剧《四声猿》对汤显祖深有影响。著有《文长集》、《阙编》、《徐文长三集》、《徐文长逸稿》、《畸谱》、《南词叙录》、《笔玄要旨》等。《南词叙录》为我国古代戏曲理论史上论述南戏的重要著作。徐渭又工书法，长于行草。善绘画，特长花鸟，用笔放纵，水墨淋漓，因其豪放、泼辣，故有"大写意"之称。与陈道复并称"青藤、白杨"，对形成水墨大写意花卉画派影响至深。

③ 酒无破肚赃，罄（qìng）当归瓮（wèng）：意思是，酒都拿去贿赂我那破肚子了，喝完后酒坛子还给您吧。罄，尽，用尽。瓮，陶制盛器。一般大腹小口。

④ 羔半臂：用羊羔皮做的短袖皮袄。

⑤ 西兴：镇名，在今浙江萧山西北。脚子：挑夫。

【译文】

礼物收到，我深感受惠至极。清晨下了场大雪，正感寒冷，您恰好送来美酒裘衣，真是雪中送炭啊。酒都贿赂了我那破肚子，喝完后当归还酒坛；短袖羊羔裘皮衣，不是我这样的平民所能常穿的，等寒天过去，当晒好送还。萧山的脚夫有句话说："风在戴老爷家过夏，我家过冬。"聊供一笑。

　　这是一篇徐渭答复张元忭的短简，题下有小序云："当大雪晨，惠羔羊半臂及菽酒。"信原是为雪天张元忭送来衣食所书。

　　徐渭这个人，无论在书画史、文学史还是在历史上，都是一个让人无法淡忘的个体。倒不是说他的才华与成就如何，而是这个人极其舛逆的人生境遇让人震惊得顿生哀悯。徐渭

徐渭所绘"泼墨十二段"之一，名之《携友观瀑图》亦可。

性格敏感，却生为庶出，襁褓中丧父，受养于嫡母，入赘于妻氏；自负才华，却以"再试有司，皆以不合规寸，摈斥于时"，科举八试不中；为人傲岸，却作为幕僚，代笔捉刀；自许狷介，却受牵连于胡宗宪案，几近癫狂，自杀、杀妻以至于"引巨锥刺耳，深数寸，又以椎碎肾囊"；天才纵横，却一生潦倒，身后凄凉，只"几间东倒西歪屋，一个南腔北调人"告别世界。人云"先生数奇不已，遂为狂疾；狂疾不已，遂为囹圄。古今文人，牢骚困苦，未有若先生者也"（明·袁宏道《徐文长传》），确实如此！

徐渭与张元忭的关系不错：徐渭以胡宗宪案以及癫狂杀妻案下狱，是张元忭等挺身而出，多方奔走，才救出徐渭；徐渭晚年杜门谢客，只在张元忭去世时，去张家吊唁，此外几乎闭门不出。莫逆之交，又贫富悬殊，当如何处？张元忭在大雪之际给徐渭送去裘衣美酒，可谓雪中送炭，徐渭坦然接受，又以幽默诙谐之语道谢，既领情又免去富友施舍之尴尬，确实让人会心一笑。时至今日，如若不是徐渭，又有几人会关注那个仗义的张状元张元忭呢？是张元忭馈赠徐渭为多，还是徐渭回馈张元忭为厚呢？徐渭死后多年，袁宏道和他的好友陶望龄于偶然中看到徐渭的作品，连连拍案称奇，兴奋得废寝忘食。

徐渭的存世散文很多，但这篇短隽有趣，既能反映徐渭的个性又极富意味，在文学史上具有可圈可点

徐渭《竹石图》。题诗后两句："两竿稍上无多叶，何自风波满太空。"

的贡献。散文发展至晚明，当袁宏道等一批"公安派"文人主盟文坛之际，那些独抒性灵、明白晓畅的小品文才蔚为大观，徐渭的散文短隽清新、语语家常，实在是公安派文学思潮之先声。而回顾徐渭的遭遇与成就，难道真是"文章憎命达"，"诗穷而后工"么？太让人叹惋了！

山窗听雪敲竹

【明】高濂①

　　飞雪有声，惟在竹间最雅。山窗寒夜，时听雪洒竹林，淅沥萧萧，连翩瑟瑟，声韵悠悠，逸我清听。忽尔回风交急，折竹一声，使我寒毡增冷，暗想金屋人欢，玉笙声醉，恐此非尔所欢。

【注释】

① 高濂（1527—1607）：濂字深甫，号瑞南，别署瑞南居士、瑞南道人、桃花渔长、湖上桃花渔，钱塘人，是活跃在明中后期的戏曲家。所作传奇戏曲有《玉簪记》、《节孝记》；散曲现存小令十余支、套曲十余套。此外，有诗集《雅尚斋诗草》初集、二集，词集《芳芷楼词》和小品散文集《遵生八笺》。

【译文】

　　雪落有声，只在竹林间最温雅。在山里，窗前印着寒月的幽光，这时再听那雪飞洒在竹林间，淅淅沥沥，夹杂着风声萧萧，瑟瑟、窸窣、扑簌的声音连成一片，声韵绵绵悠悠，听来很是安逸清雅。忽然促急的回旋风刮起，只听得竹子清脆的断裂声，让人觉得山间毡被更加阴湿寒冷，这时想那华屋之中，暖气熏人，欢歌笑语，玉笙催醉，恐怕这里不是你所喜欢的。

　　高濂是明中晚叶杭州一带相当活跃的戏曲家。可惜他的事迹载记不够详细，倘若不是他的传奇作品《玉簪记》演唱不绝，他很可能已经湮没在历史的长河中了。高濂家本来

雪洒竹林,淅沥萧萧,连翩瑟瑟,声韵悠悠。

中落已久，但到高濂的父亲却以经商而致富。明季东南商业相当繁荣，四民秩序日益消解，士商融合趋势日益明显。一方面是读书人以不中科举而向商人靠拢，另一方面，商人到底不自信，往往"贾而好儒"。高濂父亲是成功商人，却颇好风雅。高濂是个二世祖，比父亲更知道享受。高濂一生只做了鸿胪寺的小官，却热衷文化活动，务必要去掉自己身上的商贾气息。高濂幼时不算强壮，成年后就多方求索"奇方妙药"、勤加调理，功夫不负有心人，高濂年过花甲竟然"须发如漆，齿落更生，精神百倍，耳目聪明"，然后他将自己的养生经验写成了著名的《遵生八笺》，集中共四十八篇小品文，分属于四个大标题中：《高子春时幽赏》、《高子夏时幽赏》、《高子秋时幽赏》、《高子冬时幽赏》，里面的文章：《八卦田看菜花》、《虎跑泉试新茶》、《西泠桥玩落花》、《苏堤看新绿》、《雪霁策蹇寻梅》、《山居听人说书》、《雪夜煨芋谈禅》、《山窗听雪敲竹》、《策杖林园访菊》、《乘舟风雨听芦》等等，光看文章的题目，就知道里面全是晶莹隽永的小品文，也知道作者过着怎样风雅有趣的生活。

　　这篇小文，虽然极短，却充满对比的色调，冷与暖、雅与俗、明与暗、喧与静、城市与乡村，很容易让人入境。试想，厌倦城市的喧哗，特意跑到山里去赏雪品幽，然后听那山中万亩竹林风声簌簌、雪洒淅沥，偶尔杂入竹子的爆裂、折断声，既感慨自己的舒适安恬，又鄙夷城里富贵中人的庸俗，是怎样的脱俗清雅呢？按笔者的意思，倘若听雪之际，有点特别暖手又暖身的吃食，还有几个知情识趣的人伴着谈玄谈，就更妙了。高濂果然是个妙人，他的另一篇《雪夜煨芋谈禅》写道："雪夜偶宿禅林，从僧拥炉，旋摘山芋，煨剥入口，味较市中美甚，欣然一饱。"呵呵，这文字真是舒服到心坎里去了。

李卓吾先生遗言

【明】李贽①

　　春来多病，急欲辞世。幸于此辞，落在好朋友之手。此最难事，此余最幸事，尔等不可不知重也。

【注释】

①李贽（1527—1602）：贽初姓林，名载贽，后改姓李，单名贽，字宏甫，号卓吾，又号笃吾，别号温陵居士，福建晋江人。世代为巨商，自祖辈起，家势渐衰。嘉靖三十一年（1552）举人，历官共城教谕、南京国子博士、礼部司务、南京刑部主事、刑部员外郎等职，终至云南姚安知府。后弃官独居讲学。其学深受王阳明、王艮、王畿及禅学影响，然公开以"异端"自居，鼓吹个性解放，对程朱理学和伪道学作了激烈攻击，触怒权贵，被诬以"敢倡乱道，惑世诬民"之罪下狱。在文学方面，反对前后七子复古摹拟，倡"童心说"；他最早重视对通俗文学的研究和批评，曾评点《水浒传》、《西厢记》等，以为《西厢记》、《水浒传》为"古今至文"。著有《焚书》、《续焚书》、《藏书》、《续藏书》、《初潭集》、《明灯道古录》、《李温陵集》等。

【译文】

　　春季以来，老是发病，急着要离开人世。幸好这封书信，是落在好友手中。死是最难的事，也是我最幸运的事，你们不能不以为重。

倘一旦死，急择城外高阜，向南开作一坑：长一丈，阔五尺，深至六尺即止。既如是深，如是阔，如是长矣，然后就中复掘二尺五寸深土，长不过六尺有半，阔不过二尺五寸，以安予魄。既掘深了二尺五寸，则用芦席五张填平其下，而安我其上，此岂有一毫不清净者哉！我心安焉，即为乐土。勿太俗气，摇动人言，急于好看，以伤我之本心也。虽马诚老能为厚终之具①，然终不如安余心之为愈矣。此是余第一要紧言语。我气已散，即当穿此安魄之坑。未入坑时，且阁我魄于板上，用余在身衣服即止，不可换新衣等，使我体魄不

李卓吾像

安。但面上加一掩面，头照旧安枕，而加一白布中单总盖上下，用裹脚布"廿"字交缠其上。以得力四人平平扶出，待五更初开门时寂寂抬出，到于圹所，即可装置芦席之上，而板复抬回以还主人矣。既安了体魄，上加二三十根椽子横阁其上②。阁了，仍用芦席五张铺于椽子之上，即起放下原土，筑实使平，更加浮土，使可望而知其为卓吾子之魄也。周围栽以树木，墓前立一石碑，题曰："李卓吾先生之墓"。字四尺大，可托焦漪园书之③，想彼亦必无吝。

【注释】

① 马诚老：即马经纶（1562—1605），字主一，号诚所，汉族，通州人。万历十七年（1589）进士，担任过肥城知县，后任御史，因事抗疏，被免职归里。他仰慕李贽，冒着风雪，长途跋涉三千里，至湖北黄柏山中，去救援正受着麻城官府、道学家严重迫害的李贽，带他回到通州。抵家后，马经纶待李贽亦师亦友。李贽继续写作《易因》，并与马经纶共同读《易》。万历三十年（1602）二月，礼科都给事中张问达上疏劾李贽，污蔑其妖言惑众，败坏风俗。万历皇帝下令："李贽敢倡（倡）乱道，惑世诬民，便令厂卫五城严拿治罪。其书籍已刊未刊者令所在官司，尽搜烧毁，不许存留。如有徒党曲庇私藏，该科及各有司访参奏束并治罪。"当逮逋李贽的锦衣卫成员到来时，马经纶甘冒极大风险，不顾老父劝告跟他一起进京。李贽入狱后，马经纶除千方百计照料他外，还上书有司，为他辩诬。李贽去世后，马经纶将李贽的遗骸葬于通州北门外迎福寺侧，并在他的坟上建造了浮屠。

② 阁：通"搁"，放置，搁置。

③ 焦漪园：即焦竑（1540—1620），字弱侯，号澹园、漪园，山东日照人。其学宗罗汝芳，与李贽交往最深。认为佛经所说，最得孔孟"尽性至命"精义，汉宋诸儒注反成糟粕，企图引佛入儒，调和两家思想。竑博极群书，善为古文，典正训雅，卓然名家。著作有《俗书刊误》、《明史经籍志》、《老子翼》、《庄子翼》、《易荃》、《禹贡解》、《焦弱侯问答》、《国朝献征录》、《澹园集》、《焦氏笔乘》、《玉堂丛语》、《焦氏类林》等。

【译文】

一旦我死了，赶快到城外找一块高坡，向南挖一个长一丈、宽五尺、深六尺的坑。坑挖得这么深、这么宽、这么长后，然后从中再挖掉深二尺五寸、长约六寸半、宽不过二尺五寸，来安放我的魂魄。已经挖深二尺五寸时，用芦席五张在下填平了，然后就把我放在上面，这样，难道还有什么不清净的么！我心安处，就是乐土。不要太俗气，被人言所惑，只急着为好看，却伤了我的本心本意。尽管马经纶能为我厚葬，但总不如安定我心为上啊。这是我的第一要紧话。我神气消散后，就赶紧挖这个安放魂魄的大坑。没入坑前，暂且将我的魂魄放在板上，用我死时的身上衣服就行，不要换新衣服，以免使我的身体、魂魄不安。只在脸上加一个罩面，头依旧枕着枕头，用一块白布单盖住整个身体，用裹脚布作"廿"字形缠裹我白布盖住的身体。然后让四个得力的人平平地扶出，到五更初，开门静悄悄地抬出去，到了那坟地，就把我的身体放在芦席上，那抬板就抬回来还给主人。把我的身体安顿好了后，再在上面横搁二三十根圆木。搁好了，依旧用五张芦席铺在圆木上，然后再把原来的土填下去，夯实平整，再加一些浮土，可以让人一望就知道是卓吾先生的坟了。周围栽一些

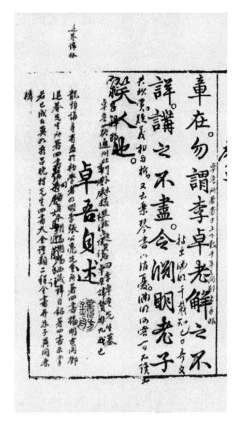

李卓吾书影

树木，墓前树一块石碑，写上："李卓吾先生之墓"，字大约四尺大，可以托焦竑先生写，我想他一定不会推辞。

　　尔等欲守者，须是实心要守。果是实心要守，马爷决有以处尔等，不必尔等惊疑。若实与余不相干，可听其自去。我生时不着亲人相随，没

后亦不待亲人看守，此理易明。

【译文】

　　你们想为我守灵的，必须是真心想守。如果是真心要守，马爷一定会安排好你们，不须你们惊疑。如果本来与我不相干，可以听凭他自去。我活着时不需要亲人相随，死后也不期望亲人看守，这个道理很容易明白。

　　幸勿移易我一字一句！二月初五日，卓吾遗言。幸听之！幸听之！

【译文】

　　千万不要改动我书信的一字一句！二月初五，卓吾遗言。请千万听从！请千万听从！

　　这是一篇很有意思的文章，通篇都在交代自己的下葬形式。对于大多数汉人来说，这篇文章很奇怪，但对于明朝的伊斯兰教徒来说，在自己的遗言中向朋友仔细交代下葬仪式，恐怕很有必要。明初，朱元璋下诏说"蒙古色目人现居中国，许与中国人结婚姻，不许与本类自相嫁娶"，在这种强迫性的移姓易俗的政治命令面前，穆斯林们穿汉服、操汉语、取汉姓、读汉书者越来越普遍，以至于在外表谈吐方面，人们很不容易看出穆斯林们有什么显著区别于汉人的特征。但在他们的意识深处却仍然坚持伊斯兰信仰，坚持自己的婚丧礼仪、饮食禁忌等等。

　　李贽家族自二世祖起至其父辈，都与伊斯兰教女子通婚，他的祖父、父亲都是伊斯兰教徒，李贽没对人说过他是伊斯兰教徒，但这篇遗言告诉人们，他是。所以李贽让他的朋友按照伊斯兰教《典礼》规定的内容下葬。他的葬式除身着现成衣服，不更换新衣外，其他

（如穿圹安魄，使亡人不挨土，白布缠裹、戴白帽、面遮白布等）与伊斯兰教葬式相同。伊斯兰教是清净之教，李贽在遗言中严肃而又具体安排葬法，就是为了没有"一毫不清净"。当然，李贽在遗言中表明自己没有"一毫不清净"处，也颇有几分与世抗争的勇士的决绝气质。他最终也不是病死，而是在狱中自杀。袁中道在《李温陵传》中描写李贽自杀的情形道："大金吾置讯。侍者掖而入，卧于阶上。金吾曰：'若何以妄著书？'公曰：'罪人著书甚多，具在，于圣教有益无损。'大金吾笑其倔强，狱竟无所置词，大略止回籍耳。久之，旨不下，公于狱舍中作诗读书自如。一日，呼侍者剃发。侍者去，遂持刀自割其喉，气不绝者两日。侍者问：'和尚痛否？'以指书其手曰：'不痛。'又问：'和尚何自割？'书曰：'七十老翁何所求？'遂绝。"那么决绝、凛然，真让人印象深刻。

　　一直很奇怪，李贽何以能对传统儒家思想作出那么深刻的批判，能在16世纪的中国提出"童心说"那么离经叛道的思想，振聋发聩，几乎撼动整个儒家思想文化体系。知道他是回族伊斯兰教徒后，就释然了。对于儒家道统来说，李贽是个异端，如果儒家自己培养了自己的叛逆者，这种悲哀会令人难以平复，但李贽是伊斯兰教徒，那就感觉好些。以前看《李温陵传》，说李贽为人处事有洁癖，"性爱扫地，数人缚帚不给。衿裾浣洗，极其鲜洁，拭面拂身，有同水淫"，那时只是一味地从李贽是个杰出的思想家出发来理解他的种种异端怪行，现在看来是失于皮相了。

李卓吾先生墓

在京与友人

【明】屠隆①

　　燕市带面衣②，骑黄马，风起飞尘满衢陌③。归来下马，两鼻孔黑如烟突④。人马屎和沙土，雨过淖泞没鞍膝。百姓竞策蹇驴⑤，与官人肩相摩。大官传呼来，则疾窜避委巷不及，狂奔尽气，流汗至踵。此中况味如此。遥想江村夕阳，渔舟投浦，返照入林，沙明如雪。花下晒网罟⑥，酒家白板青帘⑦，掩映垂柳，老翁挈鱼提瓮出柴门。此时偕三五良朋，散步沙上，绝胜长安骑马冲泥也。

【注释】

①屠隆（1542—1605）：隆字长卿，又字纬真，号赤水，又号鸿苞居士、一衲道人。鄞县（今浙江宁波鄞州区）人。万历进士。曾任青浦知县、吏部主事。两次被黜，遂放情诗酒、卖文为生。著有《读易便解》、《考槃余事》、《义士传》、《冥寥子》、《画笺》等，有诗文集《由拳集》、《栖真馆集》、《白榆集》、《采真集》、《南游集》。工曲，有传奇《彩毫记》、《昙花记》、《修文记》。

②燕市：指明代都城北京，它原为春秋时燕国都城蓟。面衣：用以挡风尘的面罩。

③衢陌：通道及田间小路，这里指大街小巷。

④烟突：烟囱。

⑤蹇驴：跛脚的驴子。

⑥网罟（gǔ）：即网。

⑦白板：指没有上漆的本色木板。青帘：黑色的布酒帘。

【译文】

　　在京城街市上，戴上面罩，骑着黄马，满街都是飞扬的风尘。回来下马，两个鼻孔就像烟囱一样黑。人粪、马屎混着沙土，下雨之后泥淖淹没膝盖和马鞍。百姓赶驴挥鞭，与官员摩肩擦踵。一旦传令大官要来，百姓们又飞速逃到小巷，唯恐躲避不及，他们用尽力气狂奔，直跑得汗水流到脚后跟。此中滋味就是这样。遥想那夕阳下的江边小村，渔船归港，夕阳返照进树林，沙滩明净如雪。花丛下晒着渔网，酒家的本色门板与酒帘黑白相间，垂柳婆娑掩映，老人提着鱼和酒瓮走出柴门。这时约上三五个好友，在沙滩上散步，大大胜过在京城骑马冲泥。

江村夕阳，渔舟投浦，返照入林，沙明如雪。

　　屠隆的小品文在晚明时候非常有名，有名到了什么程度呢? 四库馆臣认为"明之末年，国政坏而士风亦坏，掉弄聪明，决裂防检，屠隆、陈继儒诸人不得不任其咎也"。四库馆臣们认为明朝末年，国家政治大坏，读书人风气也大坏，大家都玩弄小聪明，破坏制度规范，

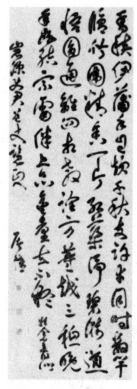

屠隆手迹

屠隆和陈继儒等人难辞其咎。这样上纲上线让人很不舒服，也很不以为然，秀才的笔杆还真能覆雨翻云么？不过看看屠隆的《自题像赞》，倒真对四库馆臣的话有些同情了：

> 我笑这个汉子，半世聪明妄作。既道文苑艺坛，又语云台麟阁。五寸斑管风雷，七尺湛露沙漠。常为名利差排，日被尘劳束缚。性灵化作精魂，法身隐在形壳。邯郸枕上荣枯，傀儡场中苦乐。饶他七伶八俐，真是千差万错。自家失却宝树，只向外头寻索。眼中法镜一昏，海底金针难摸。忽然云尽天空，便是霜高木落。猢狲爬进布袋，老鼠步入牛角。原来就是这样，一向寻他不着。只在长安脚边，入门何曾扃钥。立断就是葛藤，一任纵横落拓。

这段看似参禅说佛的自题，将个人身心的自由、安适放在第一位，将一切为名利所做的努力与奋斗都看做是尘劳和束缚，都不过是梦里荣枯、台上苦乐，再伶俐聪明也千差万错，都会迷失真正的自己。只是，如果每个人都将自己看得那么重的话，那家国、集体、家族的利益又怎么办呢？如果每个人都为保证自己的心灵自由而去触动那本来密如铁桶的体制纲常的话，就难保体制纲常不"决裂"了，这就是四库馆臣们痛心疾首的关键。

像这篇《在京与友人》，京城本是神器之所在，万民稽首之处，可到了屠隆的笔下却成了龌龊、肮脏的地方，漫天飞尘，遍地泥淖，人粪、马屎和灰尘杂糅，拥挤、嘈杂与混乱相错，没有安全、平等和干净可言。相反，江南的偏远渔村却沙明如雪，人静如画，处处安适、恬美、随意。人生到底是要为家国事业、蜗角虚名而碌碌忙忙，还是要为心灵安适而寻个干净去处，纵横落拓呢？屠隆一生有过为家为国而努力奔竞的时候，但最终却为了自己的快乐而罢官弃名，甚至成为历史的"罪人"，是失还是得呢？

秀才买柴①

【明】赵南星②

　　一秀才买柴曰："荷薪者过来③。"卖柴者因"过来"二字明白，担到面前。问曰："其价几何？"因"价"字明白，说了价钱。秀才曰："外实而内虚，烟多而焰少，请损之④。"卖柴者不知说甚，荷的去了。

【注释】

①题目乃编者所加。

②赵南星（1550或1556—1627）：南星字梦白，号侪鹤，别号清都散客，高邑（今河北高邑）人。万历进士。官至吏部尚书，为东林党重要人物，与邹元标、顾宪成号为"海内三君子"，共同反对魏忠贤专权误国。反魏党失败后谪戍代州，病死。崇祯初，谥忠毅。著有《学庸正说》、《史韵》、《赵忠毅公集》、《味檗斋文集》、《芳茹园乐府》等。其笑话集《笑赞》尤多讽世之作。

③荷：背负。薪：柴。

④外实而内虚，烟多而焰少，请损之：这柴外面看着干实，里面却是空的，烧起来烟多火小，希望价钱低些。

【译文】

　　有个秀才对卖柴的人叫道："荷薪者过来。"那卖柴的人因为听明白了"过来"两个字，就把柴担到秀才面前。秀才问："其价几何？"那卖柴的听明白了"价"字，就说了价钱。秀才又说："外实而内虚，烟多而焰少，请损之。"卖柴的人不知道秀才说什么，就担着柴走了。

赞曰：秀才们咬文嚼字，干的甚事，读书误人如此。有一个官府下乡，问父老曰："近年黎庶何如①？"父老曰："今年梨树好，只是虫吃了些。"就是这买柴的秀才。

【注释】
①黎庶：百姓。

【译文】
评论说：秀才们喜欢咬文嚼字，都干的什么事啊，读书真误人啊！有个官员下乡，问老乡说："近年黎庶何如？"老乡说："今年梨树不错，就是虫吃了些。"那官员就是那买柴的秀才。

渔樵耕读

　　看这则笑话，当场笑喷。必须用当事人的原话，才有那种"笑"果，所以连翻译都省事了。

　　这则笑话的好处是雅俗刚好，四处讨喜。读书人看了不恼，非读书人看了欢喜。一直以来"万般皆下品，唯有读书高"，谁曾想，有一天，读书人也能成为被嘲弄、调侃的对象，万民怎能不欢喜呢？再看深一步的话，秀才们以书面语切入现实生活，何错之有呢？只能怪某种体制让读书人读的书总是不合时宜。而且当社会不再尊重读书的时候，读书人言说无力的尴尬就立刻呈现，这则笑话的背后是不是也包括这层意思呢？

　　明朝自正德末、嘉靖初，社会风气就开始变化，根由就是"商贾既多"。由商贾既多而引发了一系列社会问题："土田不重，操赀交接，起落不常。能者方成，拙者乃毁。东家已富，西家自贫。高下失均，锱铢共竞。互相凌夺，各自张皇。于是诈伪萌矣，讦争起矣，芬华染矣，靡汰臻矣。"（清·顾炎武《歙县风土论》）没有人愿意专心耕种，纷纷都去经商，然后是有人富贵有人贫穷，贫富不均，却人人贪财爱货，锱铢必较，人与人之间也相互倾轧掠夺，内心都充满焦虑与不平衡。再接着是欺诈、攻讦频繁，劣币驱逐良币，好人好品德都给带坏了，奢靡过分到了极点。这种情况延至嘉靖末隆庆间，更是愈演愈烈，"末富居多，本富尽少。富者愈富，贫者愈贫。起者独雄，落者辟易。赀爰有属，产自无恒。贸易纷纭，诛求刻核。奸豪变乱，巨滑侵牟。于是诈伪有鬼蜮矣，讦争有戈矛矣，芬华有波流矣，靡汰有丘壑矣"（清·顾炎武《歙县风土论》），读书求仕不再是士人热衷眷恋的事业，士人们很容易在外在条件的催化下或者并没有任何外在原因的情况下，主动放弃，转而治生经商，于中获利。当商人的地位由末位开始步入首位，那么，读书人的失落与尴尬该怎么办呢？晚明文人的可爱就在于很性情化，这种性情化还包括敢拿自己开涮，嘲讽自己的同时也娱乐别人，很有娱乐精神。

　　人说"书中自有黄金屋，书中自有颜如玉"，何止于此，举凡人之所需，书中无有不备。晚明商业消费文化热兴，原来一直规规矩矩，以传刻圣贤经典为务的出版界也热闹起来，无论谁写、无论写什么，只要读者要看，就只管刻印出版，要是娱乐性强，读者喜欢看的话，就更是趋之若鹜。所以，从来不登大雅之堂的笑话作品也堂而皇之地到处印刷，晚明时候笑话作品层出不穷，一些现今人们耳熟能详的笑话，很多都是晚明时候人收集、创作的，那个思潮解放、思想放松的时代啊，真让人议论不已又欲说还休。

答梅客生

【明】袁宏道①

一春寒甚，西直门外，柳尚无萌蘖②。花朝之夕③，月甚明，寒风割目，与舍弟闲步东直道上，兴不可遏，遂由北安门至药王庙，观御河水。时冰皮未解，一望浩白，冷光与月相磨，寒风酸骨。趋至崇国寺，寂无一人，风铃之声，与猧吠相应答④。殿上题及古碑字，了了可读。树上寒鸦，拍之不惊，以砾投之，亦不起，疑其僵也。忽大风吼檐，阴沙四集，拥面疾趋，齿牙涩涩有声，为乐未几，苦已百倍。数日后，又与舍弟一观满井，枯条数茎，略无新意。京师之春如此，穷官之兴可知也。冬间闭门，著得《广庄》七篇。谨呈教。

【注释】

① 袁宏道（1568—1610）：宏道字中郎，号石公，湖北公安人。万历二十年进士。官至吏部郎中。与兄宗道、弟中道并称"公安三袁"，而以宏道成就最著，为明中叶文坛重要流派"公安派"的创始人，在文学上反对前后七子的复古主张，强调抒写"性灵"。其文清隽流畅，在明代散文中独具一格。著有《袁中郎集》、《破砚斋集》、《觞政》、《瓶花斋杂录》，并编有《明文隽》。

② 蘖（niè）：草木砍伐后长出的新枝芽。

③ 花朝：亦称"百花生日"。晋代在农历二月十五日，至宋以后，始渐改为二月十二日。传说此日为百花之神的生日，宫廷民间皆剪彩条为幡，系于花树之上，名叫"赏红"，表示对花神的祝贺。此日如天朗气清，则预兆一年作物的成熟。一般士民，于花朝日俱各至郊外看花游春。这是中国人民最富诗意的传统节日之一，与八月十五的中秋，分别称为"花朝"与"月夕"。

④ 猧（wō）：小狗。

树上寒鸦，拍之不惊。

这一春很是寒冷，西直门外，柳树都还没发芽。花朝那天傍晚，月亮很好，风冷得刺眼，和我弟弟在东直道上散步，兴致好得不行，于是就从北安门走到药王庙，去看御河水。当时，冰面还没有解冻，望去浩白一片，冰面的幽光映着月光，寒风刺骨。赶到崇国寺，静寂无人，寺中风铃声与犬吠声交错作响。殿上所题以及古碑所书，都清晰可读。树上栖息的寒鸦，拍掌也不惊飞，用瓦块扔它们，也不动，真怀疑它们是冻僵了。忽然檐间大风呼吼，暗处的沙尘四面聚来，我们捂着脸赶紧跑，牙齿间涩涩的有沙的感觉，没多少乐子，倒吃这么多苦。几天后，又和我弟弟去游满井，那里也就枯枝几条，了无新意。京城的春天就是这样，穷官们的兴致也能看到了吧。冬日里闭门在家，写了《广庄》七篇，也一道寄来请教。

袁宏道这人喜欢诉苦：在京城为官说京城没什么乐子，天气坏；在江南为官，说别人都好耍子，就他做官苦；他自己也坦言喜欢做官，可是要他付出自由和个性，他又很苦恼。总之就是"一肚皮不合时宜"。袁宏道的小品文满是他自己的喜怒哀乐，在晚明时候很有销路，这些作品人们概括说是"幅短而神遥，墨希而旨永"（明·唐显悦《〈文娱〉序》），

冰皮未解，一望浩白。

其实真没说什么隽永深刻的道理，它们最大的好处是真率自然，明白晓畅，读起来窝心的舒服、贴切。

这篇尺牍讲他和弟弟一道夜游北京的情形、感受，即使是现代人看来也相当熟悉。那京城的寒夜，寒鸦果然是一丛一丛，停在树上，仿佛思想者一般，静默无声，在城市的街灯映照下，感觉有些诡异。北京本地人熟知北京的气候，才不会傻乎乎地在初春料峭之际夜晚散步，只有客居北京的南方人才会这样做。当然，静寂的京城，清脆的风铃声伴随着小狗的呜咽声，很能触动人内心那根脆弱柔软的弦，有风沙固然会让游兴有煞，但如果有知契的亲友相伴，一道赏玩嬉乐、一道吃点小苦，未尝不是人生妙趣所在。

袁宏道他们之前，传统的文章多是隐忍的、克制的，偶尔也有些爆发的、张扬的作品，但却没有人旗帜鲜明地提倡并大量创作坦坦荡荡、不矫情、率性快意而且还短小精悍、形神毕备的作品，是该袁宏道他们垂名青史。

寿大姊五十序

【明】袁中道①

　　予同母兄弟四人，其一为姊，姊兄伯修，而弟中郎及予。少以失母，故最相怜爱。记母氏即世，伯修差长，姊及予等皆幼，时居长安里舍，龚氏舅携姊入城鞠养②，予已四岁余，入喻家庄蒙学。窗隙中，见舅抱姊马上，从孙岗来，风飘飘吹练袖③。过馆前，呼中郎与予别。姊于马上泣，谓予两人曰："我去，弟好读书！"两人皆拭泪，畏蒙师不敢哭。已去，中郎复携予走至后山松林中，望人马之尘自萧岗灭，然后归，半日不能出声。后伯修偕曹嫂入县读书，姊与中郎、予皆依兄嫂育于庶祖母詹姑。每寒夜，姑燔枯，呼四人坐。伯修喜谭说古今事，姊喜听，惟恐语止，自煮茶饷之。伯修复说鬼神奇怪事，缘饰之以相恐吓，姊与予皆胆薄，灯火明灭，风吹纸窗，真如有物至，大骇啼而走。伯修拊掌大笑为乐。如此以为常。以故姊于经史百家及稗官小说，少时多所记忆。曾与中郎及余至厅堂后，听一瞽者唱《四时采茶歌》，皆小说碎事，可数百句。姊入耳即记其全，予等各半。姊性端重，匿影藏声，一一遵女戒。独好文，强记夙悟。大人每见而叹曰："惜哉，不为男子。"及长，归于毛氏。

【注释】

①袁中道（1570—1623）：中道字小修，湖北公安人。万历进士，授徽州府学教授，历国子监博士，官至南京礼部郎中。与兄宗道、宏道并称"三袁"，为"公安派"代表作家之一。其文学主张崇尚自然，反对摹拟。著有《禅宗正统》、《珂雪斋集》、《游居柿录》。

②鞠养：抚养，养育。

③练：生丝帛煮得柔软洁白后之物。亦指练过
　的洁白熟绢。

【译文】

　　我们同母兄弟四人，大姐是其中一个，伯修宗道比大姐年长，中郎宏道比大姐小，我最小。因为母亲在我们幼时去世，所以我们几个互相都很怜爱。记得母亲去世时，伯修有些大了，大姐和我们几个都年幼，那时住在长安里舍，龚氏舅舅就把姐姐带到城里抚养，我那时已经四岁多，在喻家庄读蒙学。从窗户缝里看见舅舅抱着姐姐骑在马上，从孙岗过来，风吹着白色的衣衫飘飘的。在经过书馆前时，叫中郎和我过去道别。姐姐在马上哭，对我们两个说："弟弟，我走了，你们要好好读书！"我们两个都直揩眼泪，又怕老师，不敢哭。姐姐他们走后，中郎又带着我走到后山的松林里，远望着他们人马的飞尘，一直看到他们消失在萧岗，然后才回来，半天都说不出话来。后来，伯修带曹嫂到县里读书，姐姐和中郎还有我就都依靠哥哥嫂子，由庶祖母詹姑照顾。每当寒冷的夜晚，詹姑就烧着枯树枝叫我们四个坐到一起烤火。伯修他喜欢讲古说今，姐姐很喜欢听，

姊性端重，匿影藏声，——遵女戒。独好文，强记夙悟。

唯恐伯修不说了，就亲自煮茶犒劳伯修。伯修又说神道鬼，讲那些奇怪的事，总是故意夸张附会来吓唬我们，姐姐和我都胆小，那时候，灯火明暗闪烁，风吹着纸窗户，唰啦啦的，真的好像有东西来了，我大为惊恐，哭着跑了。伯修就拍掌大笑。我们常常这样开心欢乐。姐姐对于经史百家和稗官小说，小时候就记得不少。她曾和中郎、我到厅堂后去听瞎子唱《四时采茶歌》，那里面都是一些街谈巷语、琐屑之事，大约有几百句。姐姐一听就记住了，还记得很全，我们两个各记得内容的一半。姐姐性格端方稳重，总是匿影藏声，一举一动都遵循女戒。她只是喜欢读书，记性好，有夙慧，悟性高。大人们每每看到姐姐总是感叹说："可惜了，不是男子。"姐姐长大后，嫁给了毛家。

　　姊夫毛太初，少失怙废儒，课农桑治生。姊少长外家，亲见外大父龚公为连帅方伯①。诸舅起家孝廉制科，贵显赫奕。外母及衿子辈，戴珠佩玉，服羽翟②，金翠陆离。中表兄弟多文士，兰雪其姿，珠玑为唾雾。而己顾为田家妇，缟素操作，颇能以命自安，无天壤王郎之憾③。事姑孝，待妯娌和，驭下宽而有法，中外称其贤。每鬻者过门，度外所与直少诎，或从后扃益之。太初喜置田畔之田，赢其值以购，不足则取给簪裙，无难色。后园课臧获④，种松数千株，昔时童阜⑤，皆为绿云娇姹⑥。居家茹蔬饮水，至俭；而客至则酒肉相属，皆醉饱去。故数十年无纤芥断讼事。太初创家，出对客则胡卢大笑⑦，入室则焦家计，两眉蹙合可作髻。而姊以达生之理曲解之，时为破颜一笑。

【注释】

①外大父龚公为连帅方伯：指袁氏兄弟的外祖父龚大器，曾为河南左布政使。连帅方伯，指地方高级长官。连帅，古代诸侯之长。泛称地方高级长官。方伯，先秦管理某一地带地方诸侯的长官，多由当地较大的诸侯担任。秦始皇废除封建后，

没有诸侯了，但地方较大的官吏还可称方伯，一般统治一个州（汉朝）、一个道（唐朝）、一个路（宋朝）、一个布政司（明朝）。

②羽翟：泛指华贵的服饰。羽，野鸡羽毛。翟，野鸡羽毛装饰的衣服、车子。

③天壤王郎：原是东晋谢道蕴轻视其丈夫王凝之的话。后比喻对丈夫不满意。南朝宋刘义庆《世说新语·贤媛》："一门叔父，则有阿大中郎；群从兄弟，则有封、胡、遏、末，不意天壤之中，乃有王郎。"天壤，指天地之间，即人世间。王郎，指王凝之。

④臧获：古代对奴婢的贱称。

⑤童阜：光秃的土山。郦道元《水经注·肥水》："山无树木，惟童阜耳。"

⑥娇姹：亦作"娇妊"，娇媚，艳丽。

⑦胡卢：笑的样子。

【译文】

　　姐夫毛太初少年丧父，就不再读书，在家里务农谋生。姐姐小时候生活在外公家，亲眼看到外公龚公做着地方高级长官。舅舅们科考高中，都地位尊贵显赫。外祖母以及舅妈们，都戴珠佩玉，穿着华贵的衣服，珠光宝气。中表兄弟们都是读书人，温文尔雅，出口成章。而自己却是农妇，穿着粗朴的衣服，亲自操作，姐姐却很能以命该如此自我安慰，并没有认为自己的丈夫不如人

姊为田家妇，缲素操作，频能以命自安。

的遗憾。姐姐侍奉婆婆孝顺，对待妯娌温和，管理下人宽和而有法度，家中内外都称她贤惠。每当有卖东西的上门，考虑别人所给的价钱少了，就从后门多加钱给他。毛太初喜欢买田界旁边的田，就折价购买这种田地。如果丈夫钱不够，姐姐就毫不犹豫地把自己的簪裙给丈夫去充钱。他们在后园监督家仆种了几千株松树，昔日的荒山变得绿意葱葱。姐姐家平时家里吃菜喝水，极其简朴；客人来了就好酒好菜络绎不绝，让客人吃得醉饱而归。所以几十年都没有任何诉讼纠纷。毛太初刚创业时，在外和客人一起时就哈哈大笑，回到家，因为为家中事情焦虑，眉毛皱得可以打成结。姐姐就用豁达的生活态度去开解丈夫，时时让他开颜一笑。

　　自伯修、中郎论学，与常人言多不省，惟姊有深解。中年欲弃家冗入道，劝太初置妾，代司管钥。而太初惜钱，不肯鬻妾；又畏多生儿女，为身累。及连生丈夫子三人，长皆督之学，冀其收朱蓝之益。为请明师，厚其供亿①，而私益其赘。故诸子学儒皆成，以次入乡校，可望科第。伯修、中郎相继取青紫②，出则入行相望于道③，归则迎入室中晤言。深冀晚岁聚首之乐，而先后不禄。姊与予痛念骨肉，各抱病一年几殒，至去岁始相贺更生。

【注释】

① 供亿：供给，供应。刘禹锡《谢贷钱物表》："经费所资，数盈巨万；馈饷时久，供亿力殚。"

② 青紫：指官服。《文选·扬雄〈解嘲〉》："纡青拖紫。"李善注引《东观汉记》：

"印绶，汉制公侯紫绶，九卿青绶。"

③ 出则入行相望于道：此句意思是姐姐在哥哥们出行时则送到大道上，一直站在大道上送他们远去。行，道也，大道。

【译文】

自从伯修、中郎探讨佛学，与常人谈，人们多不理解，只有姐姐能深刻理解。姐姐中年后想放弃家累入道，于是劝太初娶妾，以便代自己管家。太初怕花钱，不肯买妾，又怕生多了孩子，成为自己的累赘。等连着生了三个男孩，他们稍大，姐姐就督促他们读书，希望将来能高中科举。为了请到高明之师，姐姐不仅供给丰厚而且私底下还增加老师的工资。所以几个孩子都学业有成，相继考中乡试，将来有望中举。伯修、中郎相继做官后，姐姐在他们出门时就送他们到大路上，一直站在路边望他们走，他们回来时就把他们迎到屋里聊天。姐姐深深地期望晚年能常常体验兄弟姊妹团聚的欢乐，而伯修、中郎却先后去世，姐姐和我都痛伤骨肉离世，各自生了一年的病，几乎也要丧命，直到去年才相互庆贺重生。

夫以姊之德性智慧才略，使为男子，其取功名及文章事业，何遽出两兄下，而竟泯泯闺阁，实可叹。然以人世福缘论之，姊固有偏饶者。伯修无子，子予子，而姊有三男矣。中郎有子，未见其冠婚及入校，而姊见幼男冠婚入校矣。伯修、中郎皆不及见孙，而姊长孙今十余岁矣。其尤有不忍言者，五十人世常耳，伯修得年仅四十一，中郎四十三，皆不及望五。而姊今已届期，后来尚未有涯，则姊不可谓非厚福也。

【译文】

以姐姐的贤德聪明智慧，倘若是个男子，她要获得功名，成就文章事业，哪里就能在两位哥哥之下呢，却最终泯没于闺阁，实在让人叹息。但以人生福气而论，姐姐也有所得为多的东西。伯修没有儿子，认我的儿子为儿子，而姐姐有三个儿子。中郎有儿子，却没能亲见他们成年、结婚、考中乡校，而姐姐都看着小儿子成年、结婚、进乡校了。伯修、中郎都没有见到孙辈，而姐姐的长孙现在已经十多岁了。最让人不忍说的

姊固闻道者，亦欣然享田间之乐。

是，五十岁只不过是人最平常的寿龄，伯修只活了四十一岁，中郎四十三岁，都没有四十过半望五。而姐姐现在已经五十，以后的寿数不可估量，所以姐姐也不能算没有厚福的人啊。

夫世为女子者，恨不为贵人妻。然吾观贵人一登科第，即谋置侍妾，弃故怜新，强者仇，弱者怨。追随宦辙，老尚跋涉，亦复何快。今姊夫妇相庄无间言，诸子于于色养①，岁时伏腊②，儿女团圆。取酒脯凫鲤为欢笑。姊固闻道者，亦欣然享田间之乐。况诸子皆可进取，富贵逼人，何忧门户？弟近有志栖隐，欲以未了之志，付儿曹竟之。岁以一棹过之字湖，走刀环，泊肉步河，觐姊于碧水苍山之中，共话无生，而修香光之业③。天乎！其或以悭于两兄者，而尽以畀我两人，未可知也。言至此，向之泪宿于睫而欲出者，又不觉隐作歌笑声矣。姊闻之，其为我欢然而进一匕耶④？

【注释】

① 于于色养：指姐姐家几个孩子非常体贴孝顺父母。于于，自得貌。《庄子·应帝王》："泰氏其卧徐徐，其觉于于。"成玄英疏："于于，自得之貌。"

② 岁时伏腊：一年四季。伏腊，伏日和腊日。指四季时节更换之时。

③ 修香光之业：即参禅入佛。《楞严经·大势至菩萨念佛圆通章》："若众生心，忆佛念佛，现前当来，必定见佛，去佛不远。不假方便，自得心开。如染香人，身有香气，此则名曰，香光庄严。"

④ 匕：古代食具，形似汤勺。《仪礼·公食大夫礼》："加匕于鼎。"

【译文】

世上的女子，都恨不能成为贵人之妻。但我看那些贵人一考上科举，就想着置办侍妾，抛弃旧的欢喜新的，个性强的旧妻就仇恨丈夫，怯弱的就埋怨丈夫。而即使追随丈夫做官到各地，到老还要跋涉颠沛，又有什么快乐呢。现在姐姐、姐夫相互尊重没有任何伤和气的话，几个儿子也很孝顺，一年四季儿女团圆，吃着好酒好菜，欢声笑语。姐姐本来就是闻道之人，也开心地享受着田园生活的快乐。更何况几个儿子都能进取，富贵逼人，不必担心门户卑微了。我最近有心栖隐，想把我一直未曾实现的愿望，都让孩子们去实现。年年只是驾着小舟穿过之字湖，经过刀环，停在肉步河，与姐姐在碧水青山之中尽情地探讨禅理，修习入道，共做一些香火善事。天啊！不知是不是上天吝啬于我两个哥哥的东西，全都给了我们两个了？说到这里，刚才泪水还一直在眼睫毛处打转就要流下来，现在又不觉偷偷地要歌要笑了。姐姐倘若听到了，会不会欣然地为我多吃上一口呢？

这篇散文写得相当动人，那种沉浸到内心深处的喟叹、宠溺到骨髓血液的细腻、化入文气呼吸的纵情，真让人怦然心动！文章写作之际，作者至少45岁以上，但四十多年来姐姐的形象却一直清晰明亮，恍然如现目前，自己少年时候的生活情景也捕捉得丝丝入扣。文章没什么深明透彻的道理和语重心长的话语，可就是那些平常琐屑的生活细节以及简朴明白的人生感悟，宛如冬日寒夜的街灯，透着不强烈却暖心明目的光泽。文中，从姐姐到书馆来与弟弟们道别时的白衣飘飘、泪眼婆娑到与姐姐冬日里烹茶烤火听神说鬼时的殷勤快乐，再到姐姐平日里藏声匿影、暗吟默记的温婉文静，文章细节无不如画，很能引人共鸣。而从姐姐安为农家妇的恬淡到姐姐相夫教子的贤惠，从姐姐善解玄理的颖悟到姐姐顺命应天的豁达，文章议论又无不贴切稳妥，让人深以为是。

晚明文学史上，袁家三兄弟真的是一道相当亮丽耀眼的风景线。他们三兄弟开创了

"公安派"，务必要以坦易清新的文风来矫正复古派的剽掠承袭之弊，一时间风靡天下。兄弟三个的文章都写得平易坦诚，很能动人。袁中道是三兄弟中最小的一个，大兄袁宗道比中道长十一岁，二兄袁宏道比中道长两岁，因为自小丧母，所以三兄弟感情非常好，袁中道也最受怜爱。而且，三兄弟中袁宗道二十七岁会试第一，殿试二甲第一，袁宏道二十五岁中进士，而袁中道直到四十七岁才中进士，所以，相比而言，袁中道的个性更率性纵情，袁宏道曾描写袁中道的性格道："弟既不得意于时，多感慨；又性喜豪华，不安贫窭；爱念光景，不受寂寞。百金到手，顷刻都尽，故尝贫；而沉湎嬉戏，不知樽节，故尝病；贫复不任贫，病复不任病，故多愁。"（《叙小修诗》）袁中道曾坦然着笔自己的劣行道：

听讲

　　吾生平固无援琴之挑，桑中之耻，然游冶之场，倡家桃李之蹊，或未得免缘。少年不得志于时，壮怀不堪牢落，故借以消遣，援乐天樊素、子瞻榴花之例以自解。又以远游常离家室，情欲未断，间一为之。……若夫分桃断袖，极难排豁，自恨与沈约同癖，皆由远游，偶染此习。吴越江南，以为配偶，恬不知耻。
（《心律》）

　　文中，袁中道毫不在意地承认自己冶游嫖娼、染上同性恋之癖好，其行径岂止是令当时道学勃然变色，便是今天的人读来也觉得有些恬不知耻。正因为个性及经历如此，故袁中道的文风较二兄也更率意。袁宏道曾评价袁中道的文章说"独抒性灵，不拘格套，非从自己胸臆流出，不肯下笔"（《叙小修诗》），这话从字面看来，还真算是相当中肯客气了。

因为恣酒纵色，袁氏兄弟都短寿，袁中道曾自曝疾病云："吾因少年纵酒色，致有血疾，每一发动，咽喉壅塞，脾胃胀满，胃中如有积石，夜不得眠，见痰中血，五内惊悸，自叹必死。"（《心律》）这篇《寿大姊五十序》写在袁父、袁宗道、袁宏道纷纷病逝之后，在许多袁中道的散文选中从未被选入，大多数人都不太知道。文章依旧保留了小修前期散文坦诚、纵情、发自肺腑的特点，但文气更平和、坦易，娓娓道来，是篇耐读的好文章。

束米子华

【明】陈继儒①

　　前以一束生刍拜太夫人②，四顾萧然，苔花绣壁，落叶满门，人为醋鼻③。顾弟且为足下顿足相敬。古所谓蓬蒿三径④，居然名士风者，正为足下发耳。足下诗本性情，绝不作当今涂神画鬼面目⑤，乃槜李不知有米先生何也⑥？且无论足下，即秋潭一沙弥⑦，彦平、方叔两缝掖⑧，俱寂寂如木钟石鼓。大雅凋伤，烟霞冷落，一至如此！仆为老亲，浮沉人间，既似在绦之鹰，复如斗穴之鼠；思得清凉闲散如兄者，相与以一钵米、一杯茗破之，亦了不可得。况海氛杂沓⑨，吾辈泄泄与蜉蝣燕雀争尺寸之安⑩，何以堪之。

【注释】

①陈继儒（1558—1640）：继儒字仲醇，号眉公，华亭人。能文善鉴，风雅绝伦，三吴名下士争欲得为师友。年未三十，取儒衣冠尽焚弃之，自命隐士，居小昆山，后筑室东佘山，屡辞征召，杜门著述。曾评点《西厢记》、《琵琶记》、《幽闺记》、《红拂记》等，是明代具有代表性的戏曲评点家；书法苏、米；于绘事，竭力倡导文人画，属"华亭派"。有《陈眉公全集》。所辑《宝颜堂秘笈》，保存了不少小说和掌故资料。另辑有《国朝名公诗选》）。

②生刍：本指新割的青草，《后汉书·徐稚传》："林宗（郭泰）有母忧，稚往吊之，置生刍一束于庐前而去。"后世因称吊丧礼物为生刍。

③醋鼻：因心酸而流泪。

④蓬蒿三径：意谓隐士甘家园荒僻。西汉末，王莽专权，兖州刺史蒋诩告病辞官，隐居乡里，于院中辟三径，唯与求仲、羊

仲来往。后常用三径指家园。蓬蒿，蓬草与蒿草。亦泛指草丛，草莽。借指荒野偏僻之处。

⑤涂神画鬼：指明代弘治、正德以来，由"前后七子"煽扬起来的在诗文创作上盲目尊古，以摹拟剽窃为能的不良风气。

⑥檇（zuì）李：古邑名。在今浙江嘉兴南。

⑦秋潭一沙弥：指与陈继儒来往密切的和尚释智舷。智舷字苇如，号秋潭，嘉兴人。居秀水金明寺，擅行、草书，工诗，自称黄叶老人，著有《黄叶庵集》。陈继儒《佘山居》："方外有达老汉、云栖老人、秋潭和尚、麻衣僧、莲儒、慧解、微道人，时来作伴。"

⑧彦平、方叔两缝掖：指包衡、殷仲春两位儒生。包衡，字彦平，秀水人。与张翼合著《清赏录》。陈继儒有《初夏欲往小昆山，题包彦平扇头纪事》。殷仲春，字方叔，号东皋子，秀水人。隐居教授，著有《栖老堂集》。陈继儒有《春日访殷方叔》诗。缝掖，宽袖单衣，古代儒生的通常衣着，因而即作为儒生的代称。

⑨海氛杂沓：指明末倭寇在江浙沿海的滋扰杀掠。

⑩泄泄：闲散，弛缓。与蜉蝣燕雀争尺寸之安：谓苟安于世。蜉蝣，小虫。燕雀，泛指不能高飞的鸟。

陈继儒手迹

【译文】

日前给您母亲送去吊唁之物，这才见您家徒有四壁，青苔画墙，落叶满门，真让人见了鼻酸落泪。但我却对您更加钦敬。古语所谓"蓬蒿三径，居然名士风"，说的正是您这样的情况吧。您的诗歌以性情为主，绝不像当今作品盲目尊古、涂神画鬼的，吴越之地怎么竟然都不知道米先生是谁！且不要说您，就是秋潭和尚，彦平、方叔两位先生，也都像那木钟石鼓一样沉寂无声。唉，大雅凋伤、佳作零落，竟到了这种地步！我因为家中老人，与世浮沉，既像那被捆缚的鹰，又好似那小小洞穴中的老鼠；渴望像您一样寥落闲散，只几个好友一钵米、一杯茶来打扰，也完全不可能。现今沿海倭寇猖獗，时势堪忧，我们这些人松松垮垮，和那些庸碌平常之辈一样苟且偷安，情何以堪啊！

陈继儒在晚明影响之大，到了什么地步呢？"守令之臧否，由夫片言；诗文之佳恶，冀其一顾；市骨董者，如赴毕良史权场；品书画者，必求张怀瓘估价。肘有兔园之册，门阗鹭羽之车。时无英雄，互相矜饰。甚至吴绫越布，皆被其名，灶妾饼师，争呼其字。"（清·朱彝尊《静志居诗话》）说是官员的优劣、诗文的好坏、古董的真伪、书画的估价都凭陈继儒一句话，以至于苏丝杭绢都抢着贴上他的名号，厨娘饼师都争着叫他的字号。能将自己的名声经营到这个地步，诗外功夫必然很是了得。陈继儒这人"交游显贵，接引穷约"（明·钱谦益《列朝诗集小传》）：显贵名流诸如王世贞、屠隆、董其昌、王锡爵辈多雅重之，"三吴名下士争欲得为师友"（《明史·隐逸列传》）；穷酸之辈也是"一时负笈者皆知"（明·陈继儒《陈眉公先生全集》卷一）。看过陈继儒这封给米子华的信，方才明白陈继儒确实长袖善舞。

两个人，一个名倾天下，一个籍籍无名，怎样才能相与无间呢？从信的内容来看，陈继儒先是真诚而又不失温雅地替朋友的处境感叹，然后又恳切地指出朋友所以籍籍无名是因

陈继儒一生交游显贵，接引穷约。

为才华脱俗，不为世容，还为朋友拉上一帮人垫背，确实能让处于卑微位置的人深感熨帖。在此基础上，陈继儒再下一城，既表达自己为浮名所累，浮沉江湖，又表达对米子华那种闲淡生活的渴望。最后，对自己苟安于现世的状态深表不安，实际也是对米子华能坚持写自己的东西表示婉转的倾慕。信所表达的感情实在贴切稳妥，让人十分受用，而文笔也的确"朴实又和缓，是布衣风格"（明·陈钟琠《与曾弗人书》）。时人描述读陈继儒小品文的感觉说："具有温然之色，如坐春风饮醇醪，不觉自醉。想其胸罗万卷，游咏太平，无不可接引之人，无不可畅言之事。山村迂腐矫悍之气，至此老而淘汰殆尽。真人瑞也。"（明·熊文举《雪堂先生文选·眉道人集》）的确，就算陈继儒是虚伪的，那也是虚伪得真诚感人，他不愧是人中之瑞。

陈继儒的名声随着时间的推移而逐渐下降，到乾隆时代，竟成为反面典型，以至于在今天的大多数史书中都籍籍无名。李商隐诗云"此生未卜他生休"，陈继儒将他能掌控的此生经营得风生水起，却在他生亏得有些糊涂，这一点他有所预料，却终究没能奈何。

祭秦一生文 节选

【明】张岱[1]

世间有绝无益于世界、绝无益于人身,而卒为世界、人身所断不可少者,在天为月,在人为眉,在飞植则为草本花卉,为燕鹂蜂蝶之属。若月之无关于天之生杀之数,眉之无关于人之视听之官,草花燕蝶无关于人之衣食之类,其无益于世界、人身也明甚。而试思有花朝而无月夕,有美目而无灿眉,有蚕桑而无花鸟,犹之乎不成为世界,不成其为面庞也。

【注释】

[1] 张岱(1597—1679):岱又名维城,字宗子,又字石公,号陶庵、天孙,别号蝶庵居士,晚号六休居士,浙江山阴人。寓居杭州。他生于仕宦世家,少为富贵公子,精于茶艺鉴赏,明亡后不仕,入山著书以终。最擅长散文,著有《琅嬛文集》、《陶庵梦忆》、《西湖梦寻》、《三不朽图赞》、《夜航船》、《白洋潮》等。

【译文】

世间有些东西,他们对世界没有任何好处,对人也没有任何益处,但最终却又成为世界和人断断不可或缺的东西,他们是天上月,目上眉,是植物中的野草和花儿,是那些燕鹂蜂蝶之类的飞禽昆虫。像月不关乎万物生死命数,眉不影响人的视听观感,草花燕蝶与人的衣食无关一样,它们显然对世界和人身没有帮助。但试想一下,有花朝却没有月夕,有美目却没有靓眉,有蚕桑却没有花鸟,那就好像世界不是一个世界、面庞也不能称其为面庞了。

凡越中守土有司及豪贵肆筵设席，或于胜地名园，或于僻居深巷，一生无日不以
微服往观。

余友秦一生家素封①，鸥租橘俸可比千户侯②，而自奉极淡薄，家常无大故，则不杀雁凫，踽踽凉凉③，一介不以与人，而又不鸣不跃④，以闲散终其身，于世界实毫无损益，尽人而知之也。乃一生性好山水声伎、丝竹管弦、樗蒲博弈、盘铃剧戏⑤，种种无益之事；顾好之，实未尝自具肴核⑥，为一日溪山之游，亦未尝为一日声乐，以供知己纵饮。乃其所以自娱者，往往借他人歌舞之场插身入之。故凡越中守土有司及豪贵肆筵设席⑦，或于胜地名园，或于僻居深巷，一生无日不以微服往观。至夜静灯残，酒阑客散，其于楹础之间⑧，两目灿灿如岩下电者，非他人，必一生也。大率无事，日以为常，非大故，非外出，非甚疾病，虽水火勿之避、风雨勿之阻也。死之数日前，犹在某氏观剧，喃喃向余道之。濒死前一日，余期一生游寓⑨。至易箦之际⑩，犹掷身数四⑪，口中呼"寓山！寓山"而死。一生以中道夭折，田宅子女，多未了事，凡所以萦其忧虑者，不可作胜计，而独以寓山不到，抱恨而殁。此亦可以想其痴□一往之致矣！

【注释】

①素封：无官爵封邑却富比封君的人。《史记·货殖列传》："今有无秩禄之奉，爵邑之入，而乐与之比者，命曰'素封'。"

②鸥租：《新唐书·王绩传》云："绩有奴婢数人，种黍，春秋酿酒，养凫雁，莳药草自供。"此处可能指养禽类以自给。橘俸：《三国志·吴书·孙休传》裴松之注，李衡为丹阳太守，于武陵龙阳汜洲上种甘橘千株，临终，对其子曰："吾州里有千头木奴，不责汝衣食，岁上一匹绢，亦可足用耳。"又《史记·货殖列传》："江陵千树橘……此其人皆与千户侯等。"千户侯：有千户封邑的诸侯。

③踽踽(jǔ)凉凉：形容孤独寡合的样子。踽踽，孤独的样子。凉凉，冷冷清清的样子。《孟子·尽心下》："行何为踽踽凉凉？"

④不鸣不跃：指有才华而不出仕做官、不为人知的人。《世说新语·赏誉》记载：张华见褚陶，语陆平原曰："君兄弟龙跃云津，顾彦先凤鸣朝阳。谓东南之宝已尽，不意复见褚生。"陆曰："公未睹不鸣不跃者耳！"

⑤盘铃剧戏：当即盘铃傀儡，一种以盘铃伴奏的木偶戏。唐韦绚《刘宾客嘉话录》："大司徒杜公（杜佑）在维扬也，尝召宾幕闲语：'我致政之后，必买一小驷八九千者，饱食讫而跨之，著一粗布襕衫，入市看盘铃傀儡，足矣！'"

⑥肴核：肉类和果类食品。

⑦守土：地方官。有司：指官吏。古代设官分职，各有专司，故称有司。肆筵设席：设宴。语出《诗·大雅·行苇》："戚戚兄弟，莫远具尔，或肆之筵，或授之几，肆筵设席，授几有缉御。"

⑧楹（yíng）础：楹柱下的石墩。楹，堂屋前部的柱子。础，柱脚石，础石。

⑨余期一生游寓：我约秦一生游览一次寓山。寓，寓山，疑为绍兴禹山。据《乾隆绍兴府志》卷之三记载："《万历志》禹山，'在府城北三十里，旧传大禹驻跸于此。'"另据《三江所志》记载："旧传大禹驻跸于此，今有大禹庙。"

⑩易箦（zé）：指病危将死。《礼记·檀弓上》云："曾子寝疾，病，乐正子春坐于床下，曾元、曾申坐于足，童子隅坐而执烛。童子曰：'华而睆，大夫之箦与？'……曾子曰：'然。斯季孙之赐也，我未之能易也。元，起易箦！'"按古时礼制，箦只用于大夫，曾参不是大夫，不当用，所以临终时要曾元为之更换。后因以称人病重将死为"易箦"。

⑪掷身：纵身。此处意为备力抬起身。

【译文】

　　我的朋友秦一生虽然没有做官但家中富有，地租田产所得也富可敌国，可他对自己却极其简省，家里没什么大事，就不杀鸡鸭，荦荦寡合，一毫也不给人，而且又不为人所知，一辈子闲散，所有的人都知道，他对世界真的是毫无损益。秦一生天性喜欢山水声伎、丝竹管弦、赌博下棋、盘铃剧戏等等一些无益之事；尽管喜欢，却从来没有

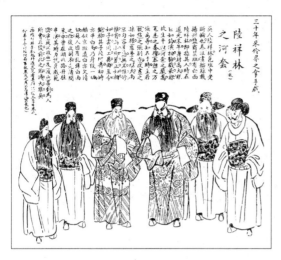

三十年吴伦男之笔之笔成

陆
祥
林
之
河
套
(卷)

他人之园亭，一生之别业也；他人之声伎，一生之家乐也；他人之供应奔走，一生之臧获奴隶也。

自己准备一些菜肴瓜果，去山里水边作一日游，也从来没有准备一日的声伎音乐，提供充足的酒水食物为知己开怀畅饮。他所用来自娱自乐的法子，往往是借别人的歌舞场地插身进去观览。所以越中的官宦富贵之家但凡设宴张席，不论在胜地名园，还是在幽居深巷，秦一生没有一天不是微服前往观览。到了夜深人静，酒阑灯残，客人尽散，倘若还有谁坐在楹柱的石墩下，两眼炯炯有神，目光如电的，一定不是别人，只能是秦一生。大约只要没事，秦一生都是这样。不是有什么大变故，不是外出，不是得了什么严重的疾病，秦一生必然到场，哪怕是水火也不回避、哪怕是风雨也无法阻拦。秦一生死前数日，还在某家看戏，还絮絮叨叨地跟我讲起。一生临死前一天，我还约他去寓山作一日游。所以快死前的那一刻，一生还一再奋力抬起身，嘴里嚷嚷着"寓山！寓山"死去。因为一生是中年突然死去，所以关于田宅子女还有许多未了之事，那些让他忧心焦虑的事情，应该多得不能计算，可他却只因没去成寓山抱恨而死。从这一点可以想见他的痴迷，都到了怎样的境地！

虽然，世人日寻于名利之中，如蛆唼粪、蝇逐膻①，幢幢无已时②，不知山水声伎为何物，一生既唾而贱之；而世更有粗豪鲁莽，山水园亭，酒肉腥秽，声伎满前，顽钝不解。而一生以局外之人，闲情冷眼，领略其趣味，必酣足而归。则是他人之园亭，一生之别业也；他人之声伎，一生之家乐也；他人之供应奔走，一生之臧获奴隶也③。一生生五十五年，十五年以前，以幼稚不解，四十年之风花雪月，无日无之。昔人所谓三万六千场④，一生所得已一万四千有奇矣。真目厌绮丽，而耳厌笙歌，一生之奉其耳目者，真亦不减王侯矣。

【注释】

①唼(shà)：泛指吃、咬。

②幢幢(chōng)：通"憧憧"，往来不绝的样子。《易·咸》："憧憧往来，朋从尔思。"陆德明《释文》引王肃曰："憧憧，往来不绝貌。"

③臧获：古代对奴婢的贱称。

④三万六千场：暗引苏东坡《满庭芳·蜗角虚名》意思。苏轼原词是："蝇头微利，算来着甚干忙。事皆前定，谁弱又谁强。且趁闲身未老，须放我、些子疏狂。百年里，浑教是醉，三万六千场。　思量，能几许？忧愁风雨，一半相妨。又何须抵死，说短论长。幸对清风皓月，苔茵展、云幕高张。江南好，千钟美酒，一曲《满庭芳》。"

【译文】

　　尽管世间之人对于名利的追寻，就像蛆虫嗜好吃粪便、苍蝇追逐腥膻，终日忙忙碌碌没有停闲的时候，根本不知道山水声伎是什么，一生对这种人早已唾弃鄙夷；但世间更有一些粗豪鲁莽之人，将酒肉的腥膻污秽山水园亭，声伎满眼，却一毫品不出其中的滋味。可是一生却以一个局外人的身份，用满心的闲情，满眼的清冷，领略其中的趣味，一定要纵情享受尽其中滋味才肯回去。于是乎，别人的园亭成了一生的别墅；别人的声伎成了一生的家乐；别人家效力奔忙的人成了一生的仆夫奴婢。一生活了五十五岁，十五岁之前，因为幼稚不能理解世间风花雪月的妙处，但以后的四十年，却没有一日不在品味风花雪月的真谛中度过。苏轼说人生不过三万六千场，那么秦一生所获得的享受却是一万四千多场了。满目看不尽的繁花绮丽，满耳听不厌的笙歌妙乐，一生让他的耳目所享受到的，真是与王侯相比也不差啊。

　　张岱出身仕宦家庭，早岁生活优裕，晚年避居山中，穷愁潦倒坚持著述，一生落拓不羁，淡泊功名，具有广泛的爱好和审美情趣。他喜游历山水，深谙园林布置之法；懂音乐，能弹琴制曲；善品茗，茶道功夫颇深；好收藏，具备非凡的鉴赏水平；精戏曲，编导评论追求至善至美。以此，张岱交游、欣赏的人的标准与常人很不一样，比如此篇中他的好友秦一生。秦一生这个人几乎没有任何值得记载或称道的东西：无功业、无名声，为人颇为吝啬，这虽不能算大恶，却也不堪记载以劝世或惩世。但是，秦一生这个人又的确值得记载，因为，他的生活方式的确可以警醒那些庸碌的人们，让他们意识到什么才叫人的生活。

　　尽管秦一生为人吝啬孤僻而且低调，"于世界实毫无损益"，但是，他嗜好山水声伎，将自己的生命化在艺术的世界里，可谓艺术人生化。无论是活着的世界里的风风雨雨，还是濒临死境的那一瞬间，秦一生所牵念的总是那满是风花雪月、活色生香的美的世界。作者说得好："世人日寻于名利之中，如蛆唼粪、蝇逐膻，幢幢无已时，不知山水声伎为何物，

秦一生以于世界毫无损益的态度，超然自在地欣赏大千世界的绮丽，在这个意义上，他以他的存在成就了康德所谓的"既无明确目的性又符合目的性"的审美哲学。

一生既唾而贱之；而世更有粗豪鲁莽，山水园亭，酒肉腥秽，声伎满前，顽钝不解。而一生以局外之人，闲情冷眼，领略其趣味，必酣足而归。则是他人之园亭，一生之别业也；他人之声伎，一生之家乐也；他人之供应奔走，一生之臧获奴隶也。"从作者的评价中，不难捕捉到作者选择一生作为传主记录的原因，作者欣赏秦一生的生活态度和艺术品味，试图以他的行径来反讽生活中的顽钝不化者以及追名逐利者。

从这篇《祭秦一生文》，人们还可以得到这样一种启示：生活中不是缺少美，而是缺少发现美的眼睛和体悟感受美的心灵与心情。平常而凡俗的人们被各种欲望和愿望牵绊着，对于自己存在的周遭世界总是漠然地经验着，正如托尔斯泰在他的日记里所写的那样："我打扫了屋里的灰尘，转了一圈，走近沙发，却怎么也想不起来，我擦没擦沙发。由于这些动作都习惯了，成了无意识的了，所以我未能感觉到，所以也就回想不起来。因此，如果我擦过却又忘了，这也就是说，我在擦的时候是无意识的，这也就跟没擦过反正一个样儿了。如果有谁有意识地看见了，那他肯定能回想起来。如果谁都没有看见，或是看见了，但却是无意识地看见的，如果许多人整个一生都是无意识地度过的，那这一生就犹如从未有过。"对于经营世务、处心积虑的人来说，他们因为没有感受美的心情而不能澄心涤虑、无所利害地关注鸢飞鱼跃的世界，所以也就很自然地错过世界色相万千的美，他们的生活状态的确可悲；但还有许多人诸如作者文中所谓的粗豪鲁莽者，他们还是在费尽心机地营造美、寻找美，只是因为缺少了体悟感受美的心灵而不断地错过美，他们的生活状态则令人可怜；更有一种人，他们有着丰富的心灵，也能体悟和感受细节的美，但却时常清醒地意识到美的短暂和无常，从而在心灵上倍感焦虑和折磨，他们的生活状态则又令人可叹。只有这个秦一生，他以于世界毫无损益的态度，超然自在地欣赏大千世界的绮丽，在这个意义上，他以他的存在成就了康德所谓的"既无明确目的性又符合目的性"的审美哲学，怎么能说秦一生这样的人不值得书写，又怎么能说秦一生的存在不令人无限缅想呢？

湖心亭看雪

【明】张岱

　　崇祯五年十二月，余住西湖。大雪三日，湖中人鸟声俱绝。是日更定矣①，余拏一小舟②，拥毳衣炉火③，独往湖心亭看雪。雾凇沆砀④，天与云与山与水，上下一白。湖上影子，惟长堤一痕，湖心亭一点，与余舟一芥，舟中人两三粒而已。到亭上，有两人铺毡对坐，一童子烧酒炉正沸。见余，大喜曰："湖中焉得更有此人！"拉余同饮。余强饮三大白而别⑤，问其姓氏，是金陵人，客此。及下船，舟子喃喃曰："莫说相公痴，更有痴似相公者！"

【注释】

①更定：指初更以后，晚上八点左右。古时一夜分五更，每更约两个小时，每晚八点开始击鼓报更。

②拏（ráo）：通"桡"，桨。此指驾船。

③毳（cuì）衣：毛皮制成的衣服。

④雾凇：树枝上凝结的雾露。沆砀（hàng dàng）：浩渺广大的样子。

⑤大白：大酒杯。亦指大杯酒。

【译文】

　　崇祯五年十二月，我住在西湖。大雪多日，西湖一带行人、飞鸟都已绝迹。这一天晚上更定以后，我划着一叶扁舟，穿着毛皮大衣、拥着火炉，独自前往湖心亭看雪。湖上弥漫着水汽凝成的冰花，天空、云层、远山、湖水，上下白茫茫一片。茫茫天地中，只有湖上一痕长堤，湖心一点亭影，以及湖中我那芥子大的小舟，舟中看上去小得仅如米粒的两三个人而已。等到了亭子上，却发现已有两人，铺了毡子对坐着，一个童子正

天与云与山与水，上下一白。湖上影子，惟长堤一痕，湖心亭一点，与余舟一芥，舟中人两三粒而已。

在炉前烧酒，酒已烧得沸腾。他们看见我，非常高兴地说："在湖中竟然还有这样的人！"拉着我一道喝酒。我尽力喝下三大杯后与他们告别。问他们的姓名，知道他们是金陵人，在此客居。等我下船时，船夫喃喃自语道："别说相公傻，还有和你一样傻的人呐！"

　　看张岱的小品文，只凭直觉，就可知道它的好。像这篇《湖心亭看雪》，没个生字僻语，可全篇却妙得让人叹息。像这一句"湖上影子，惟长堤一痕，湖心亭一点，与余舟一芥，舟中人两三粒而已"，"一痕"、"一点"、"一芥"、"两三粒"，怎么想的呢，明人评价张岱小品文说"其一种空灵晶映之气，寻其笔墨又一无所有"（明·祁彪佳《西湖梦寻序》），真是！一丝一毫也看不出文章家的笔墨构架，却妙不可言。试着想用其他文字来传达"一芥"小舟、"两三粒"人的意趣，就觉得无论如何也不能将那种茫茫雪界中人的渺小、灵动感传达出来。

　　张岱出生世家，前半生"极爱繁华，好精舍，好美婢，好娈童，好鲜衣，好美食，好骏马，好华灯，好烟火，好梨园，好鼓吹，好古董，好花鸟，兼以茶淫橘虐，书蠹诗魔"（《自为墓志铭》），也是个贵族公子哥，但张岱小品文的好处，能将贵族的精致品位化入布帛菽粟的平常中，看似非常平常简朴，其实绚烂华丽至极。读他的《闵老子茶》，就曾经惊叹，一个人喝杯茶得讲究到从水源到水纹到茶叶的产地、采摘时间再到茶具的精致、煮茶人的火候功夫、个人品位等等，岂不聒噪、麻烦死了么？也就是这点，才能见出一个人的生活态度与品位。与大多数纨绔子弟不同的是，张岱能用最精妙、雅洁的文字将生活的精致与品位传达到美轮美奂，让不能过那样生活的人可以藉其文稍过干瘾，这就够了。

　　张岱的那些极好的小品文大都收在他晚年的追忆散文《陶庵梦忆》里。明清易代，家、国都发生天崩地裂的变故，张岱披发入山，过着孤寂的日子，回首往昔繁华，恍如隔世。于是，眷恋中掺杂着温情、想象和感喟，旧时光阴都美妙得有些虚幻了。

附录：

闵老子茶 　　　　　　　　　　　　　　　　（明）张岱

　　周墨农向余道闵汶水茶不置口。戊寅九月，至留都，抵岸，即访闵汶水于桃叶渡。日晡，汶水他出，迟其归，乃婆娑一老。方叙话，遽起曰："杖忘某所。"又去。余曰："今日岂可空去？"迟之又久，汶水返，更定矣。睨余曰："客尚在耶！客在奚为者？"余曰："慕汶老久，今日不畅饮汶老茶，决不去。"汶水喜，自起当垆。茶旋煮，速如风雨。导至一室，明窗净几，荆溪壶、成宣窑磁瓯十余种，皆精绝。灯下视茶色，与磁瓯无别，而香气逼人，余叫绝。余问汶水曰："此茶何产？"汶水曰："阆苑茶也。"余再啜之，曰："莫绐余！是阆苑制法，而味不似。"汶水匿笑曰："客知是何产？"余再啜之，曰："何其似罗岕甚也？"汶水吐舌曰："奇，奇！"余问："水何水？"曰："惠泉。"余又曰："莫绐余！惠泉走千里，水劳而圭角不动，何也？"汶水曰："不复敢隐。其取惠水，必淘井，静夜候新泉至，旋汲之。山石磊磊藉瓮底，舟非风则勿行，故水之生磊。即寻常惠水，犹逊一头地，况他水耶！"又吐舌曰："奇，奇！"言未毕，汶水去。少顷，持一壶，满斟余曰："客啜此。"余曰："香扑烈，味甚浑厚，此春茶耶？向瀹者的是秋采。"汶水大笑曰："予年七十，精赏鉴者，无客比。"遂定交。

黄媛介诗序①

【清】吴伟业②

　　夫檇李雅擅名家，独推闺咏，《玉鸳草》青娥居士③，《月露吟》白雪才人④。虽寒山之再世缥缃⑤，才兼纷绘⑥；汾湖则一时琬琰⑦，迹类神仙。而皆取意由拳，分流长水⑧。岂非楼名烟雨⑨，赋就裁云⑩；湖号鸳鸯⑪，词工织锦耶？

【注释】

① 黄媛介诗序：按，该诗序当作于崇祯十六年（1643）癸未九月。黄媛介（约1620—约1669），字皆令，秀水人。据《梅村诗话》载，黄媛介嫁给同邑失意读书人杨元勋（世功）为妻，以教书及出售诗、书、画为生。

② 吴伟业（1609—1672）：伟业字骏公，号梅村，江苏太仓人。师事张溥，为复社成员。明崇祯四年（1631）进士，官左庶子。入清后官国子祭酒。学问渊博，诗尤工丽，为江左三大诗人之一。著有《春秋地志》、《春秋氏族志》、《梅村集》、《绥寇纪略》、《复社纪事》、《梅村家藏稿》、传奇《秣陵春》等。《清史稿》

本传曰："伟业学问博赡。或从质经史疑义及朝章国故，无不洞悉原委。诗文工丽，蔚为一时之冠，不自标榜。"

③ 《玉鸳草》青娥居士：指姚青娥。青娥自号青娥居士，明秀州（今浙江嘉兴）人。遍览魏晋以来诸集，摹晋诸家书法。有《玉鸳阁诗》二卷著录于《明史·艺文志》。

④ 《月露吟》白雪才人：指项兰贞，生卒年均不详，1596年前后在世。一名淑，字孟婉，明秀州（今浙江嘉兴）人。工诗，著有《裁云草》一卷，《浣露吟》（或《月露吟》）一卷。

⑤ 缥缃：古时常用淡青、浅黄色的丝帛作书

囊书衣，因以指代书卷。

⑥纷绘：众多。

⑦汾湖：古称分湖，春秋战国时期的吴越分界湖，位于江苏吴江和浙江嘉善交界处，半属浙江、半属江苏。琬琰：比喻品德或文词之美。《南史·刘遵传》："文史该富，琬琰为心；辞章博赡，玄黄成采。"

⑧而皆取意由拳，分流长水：由拳、长水都指今浙江嘉兴。秦始皇三十七年（前210）改长水县为由拳县，属会稽郡。三国吴孙权黄龙三年（231），以"由拳野稻自生"被视为祥瑞之兆，改由拳为禾兴县。次年改年号为嘉禾。嘉兴简称禾，亦源于此。赤乌五年（242）春正月，立孙和为太子，因避太子"和"字讳，改为嘉兴县。

⑨楼名烟雨：指嘉兴烟雨楼。

⑩裁云：裁剪行云。比喻诗文构思精妙新巧。

⑪湖号鸳鸯：指嘉兴南湖。

【译文】

　　浙江嘉兴这个地方向来出文人，尤其是女子善咏，像作有《玉鸳草》的青娥居士姚青蛾，作有《月露吟》的白雪才人项兰贞。仿佛寒山转世，那里的人都富有书卷气和才气；汾湖有灵，一时人们都擅长辞藻，行迹类于神仙。他们所吟咏的对象都是嘉兴的物象和山水。难道说因为那里有烟雨楼，所以人们

《玉鸳草》青娥居士，《月露吟》白雪才人。

都擅长文章；湖叫鸳鸯湖，于是人们都工于辞章么？

　　黄媛介者，体自高门，夙亲柔翰①。横塘杨柳，春尽闻莺；练浦芙蕖，月明捣素②。照影灵光之井③，纸染胭脂；看花会景之园④，香分芍药。固已妍思落于纨扇⑤，丽咏溢于缥囊矣⑥。逮夫亲故凋亡，家门况瘁，感襄城之荀灌，痛越水之曹娥⑦。恨碎首以无从，顾投身其奚益！蔡琰则惟称亡父⑧，马伦则自道家君⑨，陨涕何言，伤心而已。从此女儿乡里，恨结罗衣⑩；乃闻新妇山头，妆开石镜⑪。惟长杨曾经献赋⑫，而深柳可以读书⑬。点砚底之青螺⑭，足添眉黛；记诗中之红豆，便入吹箫⑮。共传得妇倾城，翻为名士⑯；却令家人窃视，笑似诸生⑰。所携唯书卷自随，相见乃铅华不御⑱，发其旧箧，爰出新篇。即其春日之诗，别仿元和之体⑲，可为妙制，允矣妍辞⑳。

【注释】

① 体自高门，夙亲柔翰：指黄媛介出生生长于书香门第，通晓文墨。柔翰，毛笔。东晋左思《咏史》诗："弱冠弄柔翰，卓荦观群书。"

② 横塘杨柳，春尽闻莺；练浦芙蕖，月明捣素：这里既描写黄媛介的生活环境，又指她很有文学才华。横塘，在今嘉兴海宁。《读史方舆纪要》："横塘在（嘉兴）府东南五里，其流汇为彪湖。旧《志》：自彪湖转马塘堰而上，南至海盐县，通

谓之横塘。"练浦，《读史方舆纪要》："练浦塘，在府南二十五里。与横塘、长水塘相通，相传春秋时吴王练兵处也。"捣素，典指汉代班婕妤所作《捣素赋》。

③ 灵光之井：指嘉兴灵光井。宋张尧同《嘉禾百咏·灵光井》云："不觉祥光发，难藏世上名。定多慈护力，一饮百疴轻。"

④ 会景之园：指嘉兴会景园，此园位于南湖南岸，呈半岛形，乃嘉兴名园。

⑤ 固已妍思落于纨扇：此句用班婕妤作有《团扇诗》典故，指黄媛介才情勃发，文思泉涌。

⑥ 缥囊：用淡青色的丝绸制成的书囊。亦借指书卷。南朝梁萧统《〈文选〉序》："词人才子，则名溢于缥囊。"吕向注："缥，青白色；囊，有底袋也，用以盛书。"

⑦ "逮夫"至"曹娥"：此指黄媛介家逐渐衰败，且由于战乱，父亲溺死。况瘁，憔悴。况，通"怳"。《诗·小雅·出车》："忧心悄悄，仆夫况瘁。"荀灌，晋时襄阳太守荀崧之女。《晋史》载，荀崧守襄阳之际，部下杜曾发动叛乱，包围襄阳城。荀灌自小习武，虽只有十三岁，乃率十余部众于深夜突围，向石览、周访求得援兵，最终解得襄阳之围。曹娥，东汉上虞人，父亲溺于江中，数日不见尸首。时曹娥年仅十四岁，昼夜沿江号哭。十七天后，于五月五日投江，五日后抱出父尸。陈寅恪《柳如是别传》指出："其取譬荀灌、曹娥，则疑是乙酉皆令逢乱时事……岂皆令之父于乙酉乱时溺死耶？今难考已。"

⑧ 蔡琰：蔡文姬。其父蔡邕，乃当时著名文学家、书法家，且精于天文数理，妙解音律，是曹操的挚友和老师。

⑨ 马伦：马融之女。《后汉书·列女传》载："汝南袁隗妻者，扶风马融之女也。字伦。伦少有才辩。融家世丰豪，装遣甚盛。及初成礼，隗问之曰：'妇奉箕帚而已，何乃过珍丽乎？'对曰：'慈亲垂爱，不敢逆命。君若欲慕鲍宣、梁鸿之高者，妾亦请从少君、孟光之事矣。'隗又曰：'弟先兄举，世以为笑。今处姊未适，先行可乎？'对曰：'妾姊高行殊邈，未遭良匹，不似鄙薄，苟然而已。'又问曰：'南郡君学穷道奥，文为辞宗，而所在之职，辄以货财为损，何邪？'对曰：'孔子大圣，不免武叔之毁；子路至贤，犹有伯寮之诉。家君获此，固其宜耳。'隗默然不能屈，帐外听者为惭。隗既宠贵当时，伦亦有名于世。年六十余卒。"

⑩ 从此女儿乡里，恨结罗衣：意指黄媛介恨自己身为女子不能施展才华。恨结罗衣，典出自唐代鱼玄机。玄机游崇真观南楼，睹新及第题名处，作诗题壁云：

"云峰满目放春晴，历历银钩指下生。自恨罗衣掩诗句，举头空羡榜中名。"

⑪ 乃闻新妇山头，妆开石镜：此句当指黄媛介读书游学之事。典出自唐代权德舆《自桐庐如兰溪有寄》诗，诗云："东南江路旧知名，惆怅春深又独行。新妇山头云半敛，女儿滩上月初明。风前荡飏双飞蝶，花里间关百啭莺。满目归心何处说，欹眠搔首不胜情。"新妇山，在今浙江台州临海市，又称石新妇山。宋左纬有《石新妇山》诗："烟萝为髻雾为巾，独立江边经几春？无故被人呼作妇，不知谁是画眉人。"石镜，指石镜精舍，位于浙江宁海县石镜山对面。方孝孺曾二度在精舍讲学。

⑫ 长杨曾经献赋：此句指黄媛介不同于一般女子，有须眉男子一样的才华和抱负。典出扬雄，扬雄曾作《长杨赋》，文中云："明年，上将大夸胡人以多禽兽，秋，命右扶风发民入南山，西自褒斜，东至弘农，南殴汉中，张罗罔罝罘，捕熊罴、豪猪、虎豹、狖玃、狐兔、麋鹿，载以槛车，输长杨射熊馆。以罔为周陛，纵禽兽其中，令胡人手搏之，自取其获，上亲临观焉。是时，农民不得收敛。雄从至射熊馆，还，上《长杨赋》。"

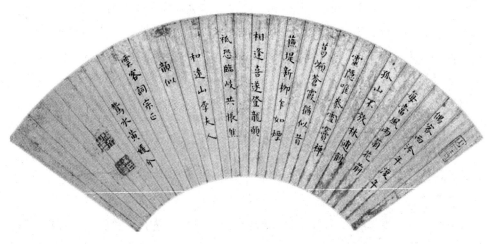

黄媛介诗扇

⑬深柳可以读书：原注："所居深柳读书堂。"

⑭青螺：圆形画眉墨，即螺子黛。

⑮记诗中之红豆，便入吹箫：此句当指黄媛介与杨世功曾一道读书，亦多有唱和，并最终嫁给杨世功事。吹箫，指缔结婚姻，汉刘向《列仙传·萧史》云："萧史者，秦穆公时人也，善吹箫，能致孔雀、白鹤于庭。穆公有女字弄玉好之，公遂以女妻焉。"后遂以"吹箫"为缔结婚姻的典实。唐白居易《得景请预驸马所司欲科家长罪不伏判》："选吹箫之匹，虽则未获真人；预傅粉之郎，岂可滥收庶子？"

⑯共传得妇倾城，翻为名士：指黄媛介貌美且有才。倾城，形容女子极其美丽。《汉书·外戚传上·李夫人》："延年侍上起舞，歌曰：'北方有佳人，绝世而独立，一顾倾人城，再顾倾人国。宁不知倾城与倾国，佳人难再得！'"。

⑰诸生：明代称考取秀才入学的生员为诸生。

⑱铅华不御：指没有化妆。曹植《洛神赋》："芳泽不加，铅华不御。"

⑲元和之体：唐宪宗元和年间（806—820）开始流行的诗体专称。指元稹、白居易诗中的次韵相酬的长篇排律和包括艳体在内的流连光景的中短篇杂体诗。《旧唐书·元稹传》说，元稹"与太原白居易友善。工为诗，善状咏风态物色。当时言诗者，称元、白焉。自衣冠士子，至闾阎下俚，悉传讽之，号为元和体"。

⑳允矣：确实是。

【译文】

　　黄媛介出身书香门第，自小喜欢读书作文。在闺阁中，春天，横塘杨柳、莺鸟鸣春时，有媛介的吟咏；月夜，练水荷塘、捣练声中是媛介的赋吟。嘉兴那些名园古刹、山水胜迹全都成为她吟咏的对象，本来她就很有文学才华，现在山水更是助她才思。后来，家人一个个去世，黄家家道逐渐中落。乙酉之际，媛介父亲溺水而死。媛介虽有心救父，终究无力纾难。她希望像蔡琰、马伦那样在哀悼父亲之后能将父亲的事

所携唯书卷自随，相见乃铅华不御。

业发扬光大，可痛哭流涕自不必说，除了伤心不已又能怎样呢。自此，媛介恨已为女儿身，不能施展才能抱负。她一个待嫁女子，却以游学读书为事。她有着像扬雄献《长杨赋》以讽谏那样的才华和抱负，深柳堂正可以让她终日研读。她的妆台是她的书桌，而自小一道读书的杨世功最终成了她的夫婿。出嫁之际，人们发现新妇清丽绝伦，而且颇具书生秀才的风度。她随身携带的只有书卷，和人见面也不施粉黛。再看她的书箱，又写出了许多新篇。那些诗作大多仿元和体，清新流丽，确实是妙制妍辞。

　　仆也昔见济尼，早闻谢蕴①。今知徐淑，得配秦嘉②。是用览彼篇章，加之诠次，庶几东海重闻桃李之歌③，不数西昆止载蘼芜之赋尔④。

【注释】

①仆也昔见济尼，早闻谢蕴：意即我早已听说过黄媛介的才华。济尼，晋时女尼。《世说新语·贤媛》云："谢遏绝重其姊，张玄常称其妹，欲以敌之。有济尼者，并游张、谢二家。人问其优劣，答曰：

'王夫人神情散朗，故有林下风气。顾家妇清心玉映，自是闺房之秀。'"

②今知徐淑，得配秦嘉：意即黄媛介嫁给了如意郎君。徐淑，约147年前后在世，陇西（今甘肃东南）人，诗人秦嘉之妻。

据《隋书·经籍志》著录，原有《徐淑集》一卷，今所见者，仅《答夫秦嘉诗》一首及答书二通，余已亡佚。淑常患疾病，归秦嘉后，夫妇恩爱异常。秦嘉为郡吏，岁终为郡上计簿使赴洛阳，被任为黄门郎，淑因病还家不能同往，两地相思，时时互赠诗、书以通情意。后秦嘉病死于津乡亭，兄逼徐淑改嫁。她便毁形不嫁，不久哀恸而卒。

③东海：用鲍照、鲍令晖兄妹事，鲍氏乃东海人，家虽寒素，但兄妹感情极好。桃李之歌：用李太白"会桃李之芳园，序天伦之乐事"语，黄媛介依靠富室宦家、出售书画的谋生方式令其兄及妹不喜欢，吴伟业此处用典是希望他们兄妹重归于好。

④西昆：借用西昆诗体主要人杨亿之姓以指杨世功。蘼芜之赋：用古乐府《上山采蘼芜》"上山采蘼芜，下山逢故夫"意思，陈寅恪指出"上山采蘼芜"之典竟指世功为"故夫"，怀疑黄、杨夫妇实有此离之事。

【译文】

　　我曾经也听人说起闺阁中黄媛介的风致，也知道她的才华。现在我知道她嫁给了她心仪的男子，生活很幸福。看过她的诗集，再加以解释阐析，也许能明白她的心迹，也或许能使他们兄妹重归于好，夫妻冰释前嫌吧。

　　生活在明清之际的黄媛介，是一个非常值得探究却又很难言说的女子。那时的风气能接纳黄媛介，却不知如何给黄媛介定位。

　　黄媛介出生儒家，从小受过诗书教育，早在闺中就诗名甚高。曾有富家愿以千金为聘，娶她为妾，但她断然拒绝，依旧嫁与自小定亲的杨世功。杨家早已破落，甚至无力赡养妻小，挣钱养家的责任竟落在黄媛介头上。1645年，清兵南下，黄媛介被乱兵劫持，近一年之后才获释。之后，黄媛介开始辗转于江浙一带。她的名声竟在这种转徙过程中越来越大，从此黄媛介主要以依靠富室宦家的资助、卖文作画以及充任闺塾师等方式维持家计。黄媛介像男人一样赚钱养家，连她的男人杨世功有时都为她的辛苦奔波感到惭愧："皆令渡江时西陵雨来，沙流湿汾，顾之不见，斜颔乃踟蹰于驿亭之间，书夽绣帙半弃之旁舍中，当斯时，虽欲效扶风橐笔撰述东征，不可得矣。"（清·毛奇龄《西河集》）

　　正因为黄媛介到处游历、向富室宦家寻求资助的行为与当时名妓行径并无太多区别，更兼她的被劫经历，所以时人也屡屡讥讽她的作品有风尘色。有介于时人的议论，名媛商景兰盛称黄媛介为女校书，而柳如是送黄媛介名号为"无瑕词史"，黄媛介本人也愿意示人以贤媛淑女的身份。黄媛介自言，"予产自清门，归于秦士"，"虽衣食取资于翰墨，而声影未出于衡门"（《离隐歌序》）。那些与她交往、尊敬她的名流文人诸如吴伟业、施闰章、钱谦益、朱彝尊、黄宗羲等也都很肯定她的良家身份。施闰章说："黄氏以名家女，寓情毫素，食贫履约，终身无怨言，庶几哉称女士矣。"（清·施闰章《施愚山集》）吴伟业是个敏感细腻的文人，他的这篇《黄媛介诗序》，与其说是在推介黄媛介的诗，还不如说是在怜惜黄媛介的身世。对于黄媛介的身世、行为，吴伟业充满同情与哀悯，但又爱莫能助，也只能衷心祝福。全篇虽用尽华辞丽典，却无不是为了表明黄媛介出身清贵，人品端淑，是个气质不俗、才华出众、敢于担当、不让须眉的才女。黄

黄氏以名家女，寓情毫素，食贫履约，终身无怨言，庶几哉称女士矣。

媛介以诗文擅名，吴伟业在诗序中也盛称其诗仿"元和体"，称得上"妙制"、"妍辞"，应该是不错的。

其实，黄媛介的书画比她的诗更好。明代姜绍书编著的《无声诗史》称黄媛介楷书仿黄庭坚，遒婉有古法。而黄媛介画风追摹元代吴镇，"逼真梅花道人笔意"，颇有元人风致。据时人记载，黄媛介喜欢坐着小船，往来于吴越间游历写生，在钱塘西泠桥畔还有间她的工作室，但凡讨够一日生活，她就不肯再作，性情自由洒脱得让人既叹也羡！

黄媛介交际能力颇强，就留存的记载来看，其交际圈宛如其时江南的名流谱。就名媛而言，如领袖人物商景兰母女，商家媳妇祁得琼、祁德茝、祁德渊、张德蕙、朱德蓉；卜处士妻吴山及女儿卜梦珏；王端淑、王静淑姊妹；沈宛君、叶小鸾母女；胡应佳、郑庄范、叶文、赵昭、王炜、张无放夫人于氏等都与她有往来。就男性而言，吴伟业外，张溥、施闰章、钱谦益、厉鹗等当日名流，也与之时有唱酬，并赏睐有加。李渔说，明、清时候的时尚女性"鄙织纴为贱役，视针线如仇雠，甚至三寸弓鞋不屑自制，亦倩老妪贫女为捉刀人者"（清·李渔《闲情偶寄·声容·习伎》），黄媛介算不算时尚女性呢？她以素面见人，刻有诗集，出售画作，做闺阁女子的家庭教师，她工于女红么？纵然她那么介意她的传统闺媛德行，但她的行为倒真有现代职业女性的态度！

蟹

【清】李渔①

　　予于饮食之美，无一物不能言之，且无一物不穷其想象，竭其幽渺而言之；独于蟹螯一物，心能嗜之，口能甘之，无论终身一日皆不能忘之，至其可嗜、可甘与不可忘之故，则绝口不能形容之。此一事一物也者，在我则为饮食中之痴情，在彼则为天地间之怪物矣。

【注释】

①李渔（1610—1680）：渔初名仙侣，后改名渔，字谪凡，号笠翁。生于雉皋（今江苏如皋）。明末清初文学家、戏曲家。十八岁补博士弟子员，在明代中过秀才，入清后无意仕进，从事著述和指导戏剧演出。后居于南京，将居所命名为"芥子园"，并开设书铺，编刻图籍，广交达官贵人、文坛名流。所著戏曲，流传下来的有《奈何天》、《比目鱼》、《蜃中楼》、《美人香》、《风筝误》、《慎鸾交》、《凰求凤》、《巧团圆》、《意中缘》、《玉搔头》（以上十种合刻称《笠翁十种曲》）、《万年欢》、《偷甲记》、《四元记》、《双锤记》、《鱼篮记》、《万全记》、《十错记》、《补大记》及《双瑞记》等十九种。其中，演出最多的是《风筝误》一剧。此外，有小说《无声戏》、《连城璧全集》、《十二楼》、《合锦回文传》、《肉蒲团》等以及散文《闲情偶寄》等。

【译文】

　　我这人对于饮食的好处，没有一样不能描绘，而且没有一样不是竭尽想象，尽最大可能把它的独特味道说出来。单单对蟹螯这一样，明明心里极其喜爱，吃到嘴里美

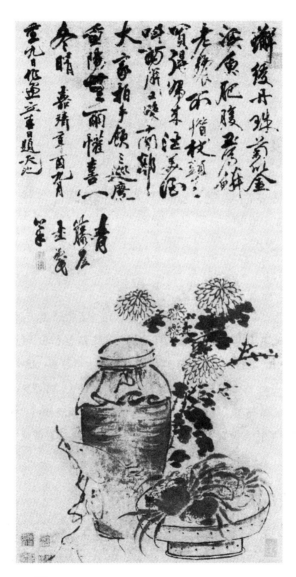

蟹秋

到心里，哪怕是终我一生也一天都不能忘却它，可是对于蟹螯为何让我如此喜爱、让我觉得如此甘美、如此不能忘怀的原因，我却难以形容，只能闭口了。这样东西，对我来说，是饮食中我所痴情者，在它自身来说，就是天地间的怪物了。

予嗜此一生，每岁于蟹之未出时，即储钱以待；因家人笑予，以蟹为命，即自呼其钱为"买命钱"。自初出之日始，至告竣之日止，未尝虚负一夕、缺陷一时。同人知予癖蟹，招者饷者，皆于此日，予因呼九月十月为"蟹秋"。虑其易尽而难继，又命家人涤瓮酿酒以备糟之醉之之用。糟名"蟹糟"，酒名"蟹酿"，瓮名"蟹瓮"。向有一婢勤于事蟹，即易其名为"蟹奴"，今亡之矣。

【译文】
　　我一生嗜好吃蟹，每年在螃蟹还没出来的时候，就开始攒下钱等待；家里人笑话我嗜蟹如命，我就把我那攒的钱称作"买命钱"。从螃蟹初出，到蟹季结束，从未忽忽浪费一日、缺憾一时。朋友同人知道我的嗜蟹之癖，招待我、犒劳我，也总在蟹季，所以我把九月和十月称作"蟹秋"。考虑到蟹季容易过去，却很难接续，就让家里人洗干净坛子酿酒以便做糟蟹、醉蟹。那糟就叫"蟹糟"，那酒就叫"蟹酿"，那坛子就叫"蟹瓮"。以前有个丫鬟在做蟹事情上很是勤快，就把她的名字改为"蟹奴"，现在她已经死了。

蟹乎！蟹乎！汝于吾之一生，殆相终始者乎？所不能为汝生色者，未尝于有螃蟹无监州处作郡①，出俸钱供大嚼，仅以悭囊易汝②。即使日购百筐，除供客处，与五十口家人分食，则入予腹者有几何哉？蟹乎！蟹乎！吾终有愧于汝矣。

【注释】

①监州：官名，通判的别称，对地方长官起　　　地方。

监督作用。作郡：担任一郡长官，治理　②悭（qiān）囊：即扑满，储蓄零钱之物。

【译文】

　　螃蟹呀螃蟹，你对于我的一生，应该是相伴始终的吧？我所不能为你增色的就是，我从未在产螃蟹却没有长官的地方做郡吏，用俸钱来大吃你，只是攒些可怜的小钱来买你。即使是每天买百筐螃蟹，供客享用之外，和家中五十来口人分享，到我肚里的能有多少呢？蟹啊，蟹啊！我最终还是有愧于你呀！

　　蟹之为物至美，而其味坏于食之之人。以之为羹者，鲜则鲜矣，而蟹之美质何在？以之为脍者，腻则腻矣，而蟹之真味不存。更可厌者，断为两截，和以油、盐、豆粉而煎之，使蟹之色、蟹之香与蟹之真味全失。此皆似嫉蟹之多味，忌蟹之美观，而多方蹂躏，使之泄气而变形者也。世间好物，利在孤行，蟹之鲜而肥，甘而腻，白似玉而黄似金，已造色香味三者之至极，更无一物可以上之。和以他味者，犹之以爝火助日①，掬水益

食蟹的乐趣

河，冀其有裨也，不亦难乎？凡食蟹者，只合全其故体，蒸而熟之，贮以冰盘，列之几上，听客自取自食。剖一筐，食一筐，断一螯，食一螯，则气与味纤毫不漏。出于蟹之躯壳者，即入于人之口腹，饮食之三昧，再有深入于此者哉？凡治他具，皆可人任其劳，我享其逸，独蟹与瓜子、菱角三种，必须自任其劳。旋剥旋食则有味，人剥而我食之，不特味同嚼蜡，且似不成其为蟹与瓜子、菱角，而别是一物者。此与好香必须自焚，好茶必须自斟，童仆虽多，不能任其力者，同出一理。讲饮食清供之道者，皆不可不知也。宴上客者势难全体，不得已而羹之，亦不当和以他物，惟以煮鸡鹅之汁为汤，去其油腻可也。

【注释】
①爝（jué）：小火。

【译文】
　　蟹这东西味道极美，但它的味道总是让吃它的人破坏了。用螃蟹做羹，鲜是鲜，但螃蟹的肥美质感在哪呢？用螃蟹做肉碎，细腻是细腻，但螃蟹真正的鲜味就没有了。最可恶的是，将螃蟹砍成两段，用油、盐、豆粉裹了去煎，使得螃蟹的色、香、鲜全都丧失了。这些都是因嫉恨螃蟹多味、美观，而多方蹂躏，务必使它变味、变形的做法。世间的好东西，都好在特立独行，螃蟹的新鲜肥嫩、甘美细腻，白处如玉，黄处似金，已经达到色、香、味的极致，再没有一样东西能超过它了。如果用其他味来调和，就好像烧一堆小火来帮助太阳增加光明，掬一小捧水来增加黄河水量，期望能有些帮助，这不是很难的么？大凡吃螃蟹，只需要将螃蟹本身绑好，把它蒸熟，用冰盘装了，放在桌上，随客人自己取自己吃。打开一筐吃一筐，掰断一只螯吃一只螯，这样螃蟹的香与味就丝毫不会泄漏了。从螃蟹躯壳取出的东西，马上就进到人的肚里，吃的真谛，还有什么能比这更深的呢？大凡做其他事，都可以让别人代劳，自己享受，只有吃螃蟹、瓜子和菱角这三件事，必须要自己亲自做。一剥好就吃才有味，别人剥好我再吃，不仅味同嚼蜡，而且也好像不再是螃蟹、瓜子和菱角，而是另外一种东西了。这就好像好香必须自己焚，好茶必须自己斟，童子仆人虽多，不能分担其劳，是一个道理。讲究饮食享用之道的人，都不可以不知道这个道理。如果宴席上人多，不能照顾到每个人，不得已把螃蟹做成羹，也不要用其他东西调合，只需用煮鸡、煮鹅的水做汤，去掉它的油腻就行。

　　瓮中取醉蟹，最忌用灯，灯光一照，则满瓮俱沙，此人人知忌者也。有法处之，则可任照不忌。初醉之时，不论昼夜，俱点油灯一盏，照之入瓮，则与灯光相习，不相忌而相能，任凭照取，永无变沙之患矣。此法都门有用之者①。

【注释】

① 都门：京城之门，这里指代京城。

【译文】

　　在坛中捞取醉蟹，最忌讳用灯，灯光一照，满坛的螃蟹就都泄成沙了，这是人人都知道的禁忌。也有一个办法来对付，那样就可以随便照也没关系。刚醉螃蟹时，不管白天黑夜，都点一盏油灯，照到坛里，由于螃蟹习惯了灯光，不再害怕而能适应，所以，随便照着捞取，再不会有变成沙的担忧了。这方法京城就有用它。

　　对于螃蟹，大概没有谁会不喜欢吃吧，人说"吃遍天下百道菜，不及水中一只蟹"，螃

高举双螯的蟹，其傲慢与无所顾忌总让人联想到那些任情、任性的文人。

蟹那种鲜、香、味，实在难以形容，连李渔这么善于描绘的能人都说难以表达，别人就不用劳神说了，吃了就明白。科学家做了个试验，用螃蟹做钓饵，其鲜膻味竟能传到270米以外的水里。水族里有许多鱼类也嗜蟹如命，用螃蟹做钓饵很容易钓到鱼，只是，有几个人舍得拿螃蟹这么好吃的东西去钓鱼呢？

　　对于世间绝大多数人来说，螃蟹固然好吃，但断不至于为吃螃蟹存钱，准备专门的酒水、坛子，派专门的人侍候着，李渔却是，真的很小资。至于吃螃蟹，江浙一带的人爱原汁原味，当然螃蟹自身的鲜、香、味也确实无需其他佐料。李渔最讨厌把螃蟹砍成两段，用油、盐、豆粉裹了去煎，可是看《金瓶梅》的时候，应伯爵老婆做螃蟹的方法就是把蟹壳剥了，裹上油、盐佐料和姜、蒜等香料，然后在油里炸了，再将原壳包回，也是一道上等待客之菜，看了也让人印象深刻。吃过醉蟹，腌制过的，装在罐头里，味道咸鲜，也很能解馋，却从来不知道拿灯捞取醉蟹还会让蟹变成沙，真那么有意思么？也不知道李渔炮制醉蟹时，要不要加盐？

　　《蟹》出自李渔的《闲情偶寄》，书中闲情雅致、吃喝玩乐、妇女声容言貌等等，大凡让人快乐、优雅、有趣之事都有着笔。李渔是个文人兼商人，对市场嗅觉很敏锐，他认为他那个时代的人都爱看闲书，作者如果不能投读书之好，书写了也是白写。《闲情偶寄》写于康熙十年（1671），虽然是描写个人生活，但更像是教科书，俨然清初一部声色俱全的小资指南，所以即便是其中有些矫情、煽情的描写，也是投合市场所喜的。看李渔对吃蟹的那个热情，真感慨那个时代的人的任情、任性。这篇《蟹》，假如让张岱那样的没落贵族来写，会怎样呢？一定是更富意趣和情调吧。

　　《闲情偶寄》也是李渔最为满意的作品，他曾写信给朋友说："弟以前拙刻，车载斗量，近以购纸无钱，每束高阁而未印。独《闲情偶寄》一书，其新人耳目，较他刻为尤甚。"余怀赞美此书说："此非李子偶寄之书，而天下雅人韵士家弦户诵之书也。吾知此书出将不胫而走，百济之使维舟而求，鸡林之贾辇金而购矣。"(《〈笠翁偶集〉序》)书的确很是畅销，弄得顾贞观那样一个大文人跑到租书船上去借了此书，一气读完。风雅的生活令人向往很自然，连风雅的书都让人追逐，真的很令人向往！

影梅庵忆语　节选

【清】冒襄①

姬初入吾家，见董文敏为余书《月赋》②，仿钟繇笔意者③，酷爱临摹，嗣遍觅钟太傅诸帖学之。阅《戎辂表》，称关帝君为"贼将"④，遂废钟学《曹娥碑》⑤，日写数千字，不讹不落。余凡有选摘，立抄成帙，或史或诗，或遣事妙句，皆以姬为绀珠⑥。又尝代余书小楷扇存戚友处。而荆人米盐琐细⑦，以及内外出入，无不各登手记，毫发无遗。其细心专力，即吾辈好学人鲜及也。姬于吴门曾学画未成，能作小丛寒树，笔墨楚楚，时于几砚上辄自图写，故于古今绘事，别有殊好。偶得长卷小轴，与笥中旧珍，时时展玩不置；流离时宁委奁具，而以书画捆载自随。末后尽裁装潢，独存纸绢，犹不得免焉。则书画之厄，而姬之嗜好，真且至矣。

【注释】

①冒襄（1611—1693），襄字辟疆，号巢民，一号朴庵，又号朴巢，私谥潜孝先生。冒襄十岁即能诗，董其昌为作序。崇祯壬午（1642）副榜贡生，与桐城方以智、宜兴陈贞慧、商丘侯方域，并称"四公子"。一生著述颇丰，传世著作有《先世前征录》、《朴巢诗文集》、《水绘园诗文集》、《影梅庵忆语》、《寒碧孤吟》和《六十年师友诗文同人集》等。其《影梅庵忆语》影响最大，乃忆语体散文鼻祖。

②董文敏：即董其昌（1555—1636），字玄宰，号思白，又号香光居士，华亭（今上海）人，"华亭派"的主要代表。明万历十六年（1588）进士，官至礼部尚书，卒谥文敏。董其昌精于书画鉴赏，收藏很多名家作品，在书画理论方面论著颇多，

其"南北宗"画论对晚明以后的画坛影响深远。工书法，自谓于率易中得之，对后世书法影响很大。著有《画禅室随笔》、《容台集》、《画旨》等文集。《月赋》：作者谢庄（421—466），字希逸。南朝刘宋时期辞赋家、诗人。《月赋》是赋史上第一篇专门写月的赋作，故有"千古咏月之祖"的文学史地位，与谢惠连《雪赋》并称为南朝刘宋时期咏物赋的"双璧"。

③钟繇（yáo，151—230）：繇字元常，颍川长社（今河南长葛）人。三国时期曹魏著名书法家。官至太傅。工书法，宗曹熹、蔡邕、刘德升，博取众长，自成一家，尤精于隶、楷。书若飞鸿戏海，舞鹤游天。后人评其隶行入神，八分入妙，和大书法家胡昭并称"胡肥钟瘦"，与晋王羲之并称"钟王"。

④阅《戎辂表》，称关帝君为"贼将"：《戎辂表》又名《贺克捷表》、《戎路表》，东汉建安二十四年（219）钟繇六十八岁时所写。内容为得知蜀将关羽被杀的喜讯时写的贺捷表奏。其中有"贼帅关羽，已被矢刃"之句。此系最能代表钟书

面貌的一帖。《宣和书谱》说："楷法今之正书也，钟繇《贺克捷表》备尽法度，为正书之祖。"

⑤《曹娥碑》：东汉年间人们为颂扬曹娥的孝行而立的石碑。汉安二年（143），曹娥之父为巫祝驾船在舜江中迎潮神伍君，落水而死，其尸不得。曹娥年仅十四岁，寻其父尸，沿江号哭，昼夜不绝声，十七日后自投于江而死，三日后抱父尸出。碑文为邯郸淳所做，碑成后蔡邕手摸碑文，读后书"黄绢幼妇，外孙齑臼"八字于碑阴，隐"绝妙好辞"四字。此碑早年散失。东晋升平二年（358），王羲之到庙书曹娥碑，文字由新安吴茂先镌刻。现存的曹娥碑系宋代元祐八年（1093）王安石的女婿蔡卞重书，为行楷体，笔力遒劲，流畅爽利，在书法史上有着较高的地位。

⑥绀珠：相传唐开元间宰相张说有绀色珠一颗，或有遗忘之事，持弄此珠，便觉心神开悟，事无巨细，焕然明晓，因名记事珠，见五代王仁裕《开元天宝遗事·记事珠》。后比喻博记，也多用于能帮助记忆的物事。

⑦荆人：妻子。

【译文】

　　小宛刚到我家时，见到董其昌为我写的《月赋》，模仿的是钟繇的笔体，很爱临摹，就到处找钟繇的其他帖子来摹写。但看到钟繇《戎辂表》将关帝君称作"贼将"，就不再学钟体而改学《曹娥碑》，每天写几千字，一个也不错，一个也不落。我凡是有选摘的东西，小宛就立刻抄成帙，那些内容有的是史，有的是诗，或者是就事而论的好句子，小宛简直成了我的记事绀珠。小宛还曾代我写小楷扇子给亲戚朋友。而我妻子的日常琐细事情以及内外出入账目，小宛都登记得好好的，一丝不落。她的细心专意和努力，哪怕是我们中好学的人也很少比得上。小宛曾在吴门学画，没学完，但能画一些稀疏的老树，笔墨婉转可爱，常常在小桌上自己涂涂画画，所以对那些古今画书，特别喜欢。小宛偶然得了长卷小轴，或者人家书箱中的藏本，就时时拿出来玩赏不停；后

水绘园，冒襄与董小宛一起生活的地方。

来逃难时，小宛宁愿扔了首饰，也要把那些书画捆好自己带着。到后来，又将书画的装帧都裁下来丢掉，只剩纸绢，最后这样也还是不行，只能都丢掉了。唉，书画的灾难，小宛的嗜好，真的都到了极点。

姬能饮，自入吾门，见余量不胜蕉叶①，遂罢饮，每晚侍荆人数杯而已。而嗜茶与余同性，又同嗜岕片②。每岁半塘顾子兼择最精者缄寄③，具有片甲蝉翼之异④。文火细烟，小鼎长泉，必手自吹涤。余每诵左思《娇女诗》"吹嘘对鼎䰞"之句⑤，姬为解颐。至沸乳看蟹目鱼鳞，传瓷选月魂云魄⑥，尤为精绝。每花前月下，静试对尝，碧沉香泛，真如木兰沾露，瑶草临波，备极卢、陆之致⑦。东坡云"分无玉碗捧蛾眉"⑧，余一生清福，九年占尽，九年折尽矣⑨。

【注释】

① 余量不胜蕉叶：指酒量很小。蕉叶，浅底的酒杯。胡仔《苕溪渔隐丛话后集·回仙》引宋陆元光《回仙录》："饮器中，惟钟鼎为大，屈卮螺杯次之，而梨花蕉叶最小。"

② 岕（kǎ）片：岕茶，产于浙江北部长兴白岘的罗岕山区，以庙后罗岕为最。冒襄《岕茶汇钞》："环长兴境，产茶者曰罗嶰、曰白岩、曰乌瞻、曰青东、曰顾渚、曰筱浦，不可指数，独罗嶰最胜。环嶰境十里而遥，为嶰者亦不可指数。嶰而曰岕，两山之介也。罗氏居之，在小秦王庙后，所以称庙后罗岕也。"岕茶在明清之际是冠绝海内、傲视天下的茗中仙品，古人以"金石芝兰之性"赞誉岕茶，向来为"吴中所贵"，堪称"大明绝唱"。岕茶的主要特征是色白、味香。我们通常喝的茶叶颜色都是绿色（红茶除外），而岕茶的颜色却是奶白色的，其香气扑鼻，并略有婴儿的体香。由于制作工艺复杂，清中叶后已失传。

③ 顾子兼：苏州半塘人，精于岕片（岕茶

饼)的制作。

④片甲：蜀州散茶。用茶嫩而薄的芽叶制成，成茶因薄嫩芽相抱如片甲而得名。品质上乘。五代蜀人毛文锡《茶谱》云："又有片甲者，即是早春黄茶，芽叶相抱如片甲也。皆散茶之最上也。"蝉翼：蜀州散茶，因嫩叶薄如蝉翼而得名。毛文锡《茶谱》云："蜀州蝉翼者，其叶嫩薄如蝉翼也，皆散茶之最上也。"

⑤左思（？—305）：字太冲，齐国临淄人。出身寒门，仕进不得意。容貌丑陋，口才拙涩，不喜交游。曾以十年构思写成《三都赋》，为当时所重。他的诗尤其高出同时的作家。诗中常有讽谕，意气豪迈，语言简劲有力，绝少雕琢。《娇女诗》：左思的名作之一，诗人从日常生活中剪裁下几个场景，精心描绘了两个小女儿天真稚气、活泼可爱的种种情态。吹

文火细烟，小鼎长泉，必手自吹涤。

嘘对鼎鬲（lì）：《娇女诗》中的一句，描写两个小女孩模仿大人做饭的样子游戏。鬲，古代炊器，圆口，三足，中空。

⑥沸乳看蟹目鱼鳞，传瓷选月魂云魄：指讲究茶水的温度和蓄茶器皿的精致。皮日休《煮茶》有诗句云："时看蟹目溅，乍见鱼鳞起。"意思是水煮沸至有蟹目、鱼鳞大的水泡。月魂云魂，形容瓷器的洁白清透。

⑦卢、陆之致：饮茶人的风致。卢，指唐代卢仝，嗜好饮茶，作有《饮茶歌》。陆，指唐代陆羽，著有《茶经》。两人对饮茶风气的盛行意甚大。

⑧分无玉碗捧蛾眉：意即没有享受美女奉茶的福分。诗出苏轼《试院煎茶》。分无，即无缘。玉碗捧蛾眉，即"蛾眉捧玉碗"，意为美女奉茶。蛾眉，代指美女。

⑨余一生清福，九年占尽，九年折尽：董小宛于崇祯十五年（1642）春归冒襄，顺治八年（1651）正月初二去世，一共九年。

焚香仕女

【译文】

小宛很能喝酒，但自从嫁到我家，见我酒量极浅，就不太喝酒，每晚只侍候我妻子几杯就算了。小宛和我一样爱喝茶，我们都喜欢喝岕片。每年半塘的顾生总是选取上乘的岕片密封了寄来，品质都堪比片甲、蝉翼，很珍异。小火细烟，小茶壶长注水，小宛一定要自己亲手吹茶洗具。我每每吟诵左思《娇女诗》"吹嘘对鼎鬲"这句，小宛被逗得直笑。看着那细细的茶叶在正冒出蟹眼、鱼鳞大的水泡的火候正好的沸水中翻滚漂浮，再盛以晶莹细腻如魂云魄的白瓷茶盏，更是精妙绝伦。每当花前月下，我与小宛静静地试茶对品，看着那碧绿的茶叶沉入杯底，茶香慢慢地浮泛周围，真好像木兰沾露，瑶草临波，真是极具卢仝、陆羽的风致。苏东坡说，"分无玉碗捧蛾眉"，我一生的清福，全在这九年享受光了，也全在这九年挥霍完了。

　　姬每与余静坐香阁，细品名香①。宫香诸品淫，沉水香俗②。俗人以沉香著火上，烟扑油腻，顷刻而灭。无论香之性情未出，即著怀袖，皆带焦腥。沉香坚致而纹横者，谓之"横隔沉"，即四种沉香内革沉横纹者是也，其香特妙。又有沉水结而未成，如小笠大菌，名"蓬莱香"，余多蓄之。每慢火隔砂，使不见烟，则阁中皆如风过伽楠③，露沃蔷薇④，热磨琥珀，酒倾犀斝之味⑤，久蒸衾枕间，和以肌香，甜艳非常，梦魂俱适。外此则有真西洋香方，得之内府⑥，迥非肆料。丙戌客海陵⑦，曾与姬手制百丸，诚闺中异品。然爇时亦以不见烟为佳，非姬细心秀致，不能领略到此。

【注释】

① 姬每与余静坐香阁，细品名香：冒襄《岕茶汇钞》："后宛姬从吴门归，余则岕片必需半塘顾子兼，黄熟香必金平叔，茶香双妙，更入精微。"明人喜欢焚香伴茶，此种风尚先由江浙一带兴起。文震亨著《长物志》卷十二《香茗》一节，便详载了明人焚香伴饮的情趣。他说："香茗之用，其利最溥。物外高隐，坐语道德，可以清心悦神；初阳薄暝，兴味萧骚，可以畅怀舒啸；晴窗拓帖，挥麈闲吟，篝灯夜读，可以远辟睡魔；青衣红袖，密语谈私，可以助情热意；坐雨闭窗，饭余散步，可以遣寂除烦；醉筵醒客，夜雨蓬窗，长啸空楼，冰弦戛指，可以佐欢解渴。品之最优者，以沉香、岕茶为首。第焚煮有法，必贞夫韵士，乃能究心耳。"冒襄与小宛品茶，自然要焚香，饮岕茶时所焚即沉香中之黄熟香。

②沉水：别称沉水香，即沉香。结于瑞香科
　沉香属的几种树木，如莞香树、印度沉
　香树、马来沉香树等。和檀香相比，并
　非是单纯的木材，而是树木由于受到外
　力伤害，在伤口处分泌油脂自我修护，从
　而混合了油脂成分和木质成分的固态凝
　聚物。沉香香品高雅，而且十分难得，自
　古以来即被列为众香之首。

③伽楠：沉香中最珍贵者称作伽楠香，树

脂含量较沉香高。伽楠香量少而质优，
　世称至贵。

④沃：洗涤，浸泡。墙薇：即蔷薇。

⑤犀斝(jiǎ)：犀牛角制的酒器。

⑥内府：皇宫内负责监管制造器具的部门，
　即内务府。

⑦丙戌：即顺治三年（1646）。海陵：今
　江苏泰州。

【译文】

　　小宛每每和我在香阁上静坐，细细地品味名香。各类宫香气味太浓，沉香又气味太俗。一般人都把沉香放在明火上焚烧，香烟扑在油腻之上，一下就消散了。且不论沉香的气味特质没有出来，就是沾染衣襟衣袖，也都带着焦腥味。沉香有四种，木质坚实紧致且有横纹的，叫"横隔沉"，就是四种沉香中革沉有横纹的那种，它的香味非常奇妙。还有一种沉水结而未成，像个顶着小伞盖的大蘑菇，叫"蓬莱香"，薰时必须慢火隔砂，不能有烟。这样，室内充满异香，仿佛风过伽楠、露润蔷薇、热磨琥珀、酒倾犀斝的味道。这种香味浸透于枕头床被，再和以肌肤的气息，会令人感觉香艳异常，连梦中都感到舒适。此外，还有从内府出来的西洋香料，和市场上卖的绝不相同。丙戌年我们住在泰州时，小宛和我亲手制成百粒香丸，真是闺中异品。然而薰时也以不见烟为佳，如果不是小宛细心秀致，我恐怕是领略不到如此香氛的。

　　黄熟出诸番①，而真腊为上②。皮坚者为黄熟桶③，气佳而通；黑者为隔栈黄熟④。近南粤东莞茶园村，土人种黄熟，如江南之艺茶，树矮枝

繁，其香在根，自吴门解人剔根切白，而香之松朽尽削，油尖铁面尽出。余与姬客半塘时，知金平叔最精于此，重价数购之。块者净润，长曲者如枝如虬，皆就其根之有结处，随纹缕出。黄云紫绣，半杂鹧鸪斑，可拭可玩。寒夜小室，玉帏四垂，毾㲪重叠[5]，烧二尺许绛蜡二三枝[6]，陈设参差，堂几错列，大小数宣炉，宿火常热，色如液金粟玉。细拨活灰一寸[7]，灰上隔砂选香蒸之。历半夜，一香凝然，不焦不竭，郁勃氤氲[8]，纯是糖结。热香间有梅英半舒、荷鹅梨蜜脾之气，静参鼻观。忆年来共恋此味此境，恒打晓钟，尚未著枕。与姬细想闺怨，有斜倚薰篮、拨尽寒炉之苦[9]，我两人如在蕊珠众香深处[10]。今人与香气俱散矣！安得返魂一粒[11]，起于幽房扃室中也[12]。

焚香默坐歌
焚香默坐自省己口裏喃喃想心裏心中有甚害人
謀口中有甚欺心語為人能把口應心孝悌忠信從此始
其餘小德或出入焉能磨涅吾行止頭插花枝手把杯聽
罷歌兒看舞女食色性也古人言今人乃以之為恥及
至心中與口中多少欺心沒天理陰為不善陽掩之則何
益矣徒勞耳請坐且聽吾語汝凡人有生必有死死見
先生面不慚才是堂堂好男子
吳郡唐寅

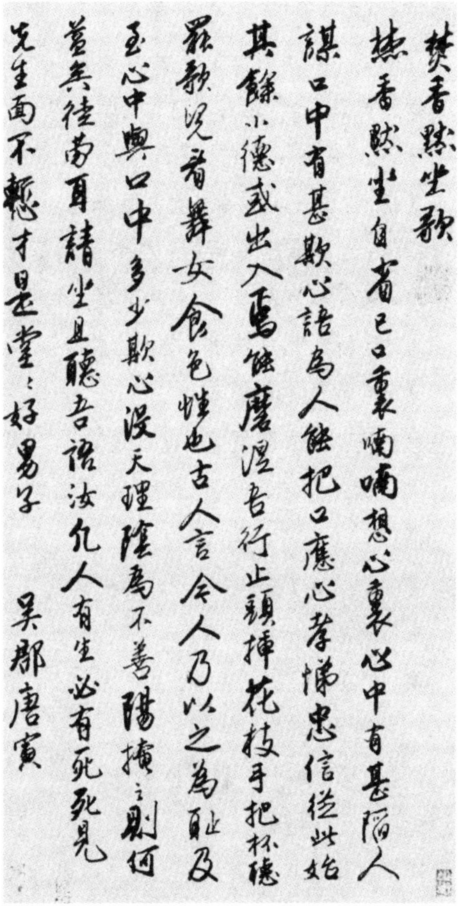

唐寅《焚香默坐歌》

【注释】

①黄熟：香名，沉水香的一种。晋嵇含《南方草木状·蜜香等》："交趾有蜜香树，干似柜柳，其花白而繁，其叶如橘……其根为黄熟香。"明李时珍《本草纲目·木

一·沉香》："木之心节置水则沉，故名沉水，亦曰水沉。半沉者为栈香，不沉者为黄熟香。"清陈贞慧《秋园杂佩·黄熟》："黄熟出粤中、真腊者为上，香味甚稳，佳者不减角沉，次亦胜沉速。"

② 真腊：为中南半岛古国，在今柬埔寨境内。宋代称为真腊，一名真里富，元朝称为"甘勃智"，《明史》称"甘武者"，明万历后称"柬埔寨"。

③ 黄熟桶：宋陈敬撰《陈氏香谱》曰："其皮坚而中腐者，形状如桶，故谓之黄熟桶。"

④ 隔栈（zhàn）黄熟：又作"夹栈黄熟"。宋陈敬撰《陈氏香谱》曰："黄而熟，故名焉。其夹栈而通黑者，其气尤胜，故谓之夹栈黄熟。"

⑤ 氎𣯼（tà dēng）：彩纹细毛毯。

⑥ 绛蜡：大红蜡炬。

⑦ 活灰：虽无明火腾焰，但仍赤炽能灼物者，谓之活灰。

⑧ 郁勃氤氲：云烟弥漫的样子。

⑨ 斜倚薰篮：语用白居易《后宫词》"红颜未老恩先断，斜倚薰笼坐到明"典故，描写女子孤寂冷清的悲惨生活。拨尽寒炉：语用宋孙应时《和项平父送别》（逐逐衣冠谒府公）"夜长不寐思吾友，拨尽寒炉宿火红"典故，描写男子孤独寂寞的处境。

⑩ 蕊珠：蕊珠宫，亦省称"蕊宫"。道教经典中所说的仙宫。

⑪ 返魂一粒：指返魂香。传说在汉武帝时，西域月氏国进贡返魂香三枚，大如燕卵，黑如桑椹，据说点燃此香，病者闻之即起，死未三日者，薰之即活。见（传）汉东方朔《海内十洲记》、《汉武帝内传》等书。《十洲记》载："返魂香。斯灵物也，香气闻数百里，死尸在地，闻气乃活。"

⑫ 幽房扃（jiǒng）室：指坟墓。幽房，深暗的房间，引申为墓室。扃室，墓室。

【译文】

　　黄熟产自异域，以真腊产的最好，皮质坚韧的叫黄熟桶，香气佳妙而通畅；黑色的叫隔栈黄熟。靠近南粤东莞茶园村那里，当地人也种黄熟，就像江南人种的茶，树矮而枝繁，香味都在根上。自从吴门那些懂行的人把这种黄熟的根剔出切断、露白，然后再把那香料的松朽处都削尽了，坚硬的油脂才全露出来。我和小宛客居半塘时，知道金平叔最精通此道，就多次用重金向他购买。黄熟香凡是成块的就明澈润泽，长而弯曲的就像树枝虬龙，都是从根部有结的地方随纹缕长出的，纹路像黄云紫绣，里面还杂着鹧鸪斑，可以抚拭也可以把玩。寒夜，窝在小屋中，窗帘门帘都挂下来，地上铺起厚地毯，点上二三枝二尺来高的红烛，将它们错落地放在房间的桌上角落中，再用几个大小不一的宣德炉，让它们整夜烧着不熄火，这时候炉灰的颜色就像金汤玉液，泛着栗色的光泽。这时再小心地把活灰拨去一寸，在灰

元代三彩镂雕龙凤炉

上隔砂，选香料熏蒸，哪怕过个半夜，那香还是凝结着，既不枯焦也不煨烬，看去就像是个糖块，却香气弥漫。在那甜腻的香氛中仿佛有梅花半开，夹杂着鹅梨蜜脾的气息，静静沁入鼻内。那时，我们都很迷恋这种味道，常常都晨钟响起了，还未就枕。想那闺中怨妇斜倚薰篮、远行客子拨尽寒灰之凄苦，我与小宛甜蜜得真像是处于仙宫众香深处。现在却人与香都散去了。从哪里才能得到一粒反魂香，把她从那幽暗的坟墓中唤回呢？

　　一种生黄香，亦从枯肿朽痛中，取其脂凝脉结[1]，嫩而未成者。余尝过三吴、白下[2]，遍收筐箱中，盖面大块，与粤客自携者，甚有大根株尘封如土，皆留意觅得，携归与姬为晨夕清课，督婢子手自剥落，或斤许仅得数钱，盈掌者仅削一片，嵌空镂剔，纤悉不遗。无论焚蒸，即嗅之，味如芳兰，盛之小盘层撞中[3]，色殊香别，可弄可餐。曩曾以一二示粤友黎美周，讶为何物，何从得如此精妙。即《蔚宗传》中恐未见耳[4]。又东莞以女儿香为绝品，盖土人拣香，皆用少女，女子先藏最佳大块，暗易油粉，好事者复从油粉担中易出。余曾得数块于汪友处，姬最珍之。

【注释】

①脂凝脉结：油脂已经凝结，纹理已经形成。脉，指沉香的纹理。

②三吴：所指说法不一。有指苏州、润州、湖州为三吴，有以吴郡、吴兴、丹阳为三吴，也有认为吴兴、吴郡、会稽为三吴。白下：旧时南京的别称，因沿江旧有白石陂，晋陶侃于此筑白石垒，后人又筑白下城，故称。

③小盘层撞：由几层小盘组成的一种香盒。

④《蔚宗传》：指南朝刘宋史学家范晔所著《后汉书》，其《东夷列传》详细记述了当时朝鲜半岛诸国和日本的情况。蔚宗，指范晔（398—445），字蔚宗，南朝刘宋顺阳人。范晔博采各家所撰东汉史著之长，斟酌取舍，订伪考异，删繁补略，写成《后汉书》。此书后出转精，诸书皆渐渐失传了。

【译文】

　　有一种生黄香，也是从树瘤中得到的，只是取那些凝结在一起又还没硬成块，纹理已经形成的做成。我去三吴、白下的时候，但凡见到这种树脂，就采集来放在筐箱中，无论是像脸那么大的一大块，还是广东客人自己带来的，甚至一大块根枝，被沙土灰尘裹得像个泥块，我也留意搜取，拿回来和小宛一起早晚督促奴婢们用手将那香脂剥出来，有时一斤多的树块只得到几钱香脂，巴掌大的树块就只能削得一片香脂，但我们总是嵌空镂剔，哪怕一点点香脂也不遗漏浪费。这些香脂就是不烧不蒸，闻起来也清香如花，将它们放在香盒中，气味色泽迥异于常物，可以把玩、餐食。曾拿了几片给广东的朋友黎美周看，他惊讶地问是什么东西，怎么会这么精妙可爱，即使是载异域蛮荒之物的《后汉书》中，也恐怕没见过这东西。广东东莞以女儿香为绝品，这种香因为当地人在拣香时总是让少女去采择，而那些女子总是先藏起最好的一大块，偷偷地拿去换头油脂粉，而好事者又从油粉担中买得。我曾经从姓汪的朋友那里得了好几块，小宛特别珍爱。

四时草花，领略殊清，冷韵幽香，霏微曲房。

　　余家及园亭，凡有隙地皆植梅，春来早夜出入，皆烂漫香雪中。姬于含蕊时，先相枝之横斜，与几上军持相受①，或隔岁便芟剪得宜，至花放恰采入供。即四时草花竹叶，无不经营绝慧，领略殊清，使冷韵幽

"花繁而厚，叶碧如染，浓条婀娜，枝枝具云罨风斜之态。"吴昌硕之菊略得"剪桃红"之神韵。

香，恒霏微于曲房斗室②，至秾艳肥红，则非其所赏也。秋来犹耽晚菊，即去秋病中，客贻我剪桃红，花繁而厚，叶碧如染，浓条婀娜，枝枝具云罨风斜之态③。姬扶病三月，犹半梳洗，见之甚爱，遂留榻右。每晚高烧翠蜡，以白团回六曲，围三面，设小座于花间，位置菊影，极其参横妙丽。始以身入，人在菊中，菊与人俱在影中。回视屏上，顾余曰："菊之意态尽矣！其如人瘦何④?"至今思之，淡秀如画。闺中蓄春兰九节，及建兰，自春徂秋，皆有三湘七泽之韵⑤，沐浴姬手，尤增芳香。《艺兰十二月歌》皆以碧笺手录粘壁⑥。去冬姬病，枯萎过半。楼下黄楼一株⑦，每腊万花，可供三月插载。去冬姬移居香俪园静摄，数百枝不生一蕊。惟听五鬣涛声⑧，增其凄响而已。

【注释】

①军持：梵语，僧人游方时随身携带用以

贮水的净瓶。《释氏要览》云："净瓶，梵语军持，此云瓶，常贮水，随身用以净手。"

② 霏微：飘洒，飘溢。

③ 云罨（yǎn）风斜：罨，覆盖，掩盖。

④ 其如人瘦何：此用宋李清照词《醉花阴》（薄雾浓云愁永昼）最后一句"莫道不消魂，帘卷西风，人比黄花瘦"典故。瘦，憔悴。

⑤ 三湘七泽：典出李白诗《自汉阳病酒归寄王明府》："啸起白云飞七泽，歌吟渌水动三湘。"指宜歌宜啸的自然情趣。三湘泛指洞庭湖南北、湘江流域。七泽，古时楚地有七个湖泊，其中以云梦泽最著名。泛指楚地。

⑥《艺兰十二月歌》：可能指宋理学大师李愿中的《艺兰月令》。这是李愿中将广东、福建一带艺兰的法则按十二个月以诗歌体裁编成的口诀。

⑦ 黄楼：楼，楼子花，形容花冠重叠，呈复瓣的花。

⑧ 五鬣：松的一种，又名五须松、五粒松，因每簇五针而得名。

【译文】

　　我们家以及庭院中，凡有空隙的地方都种上了梅花，春天，早晚出入其间，仿佛置身于香雪海中。小宛总是在梅花含苞时，选择那样貌与桌上花瓶相配的梅枝，或在去年冬天就修剪停当，等到花开时恰好可以采下来供入瓶中。即使是四季平常的草花竹叶，小宛无不仔细经营独具慧心，领略它们独特的清香，并使那种冷韵幽香一直淡淡地弥漫渗透于房中。至于那些浓香艳丽的花草，小宛倒不喜欢。到了秋天，小宛最爱赏晚菊，就在去年秋天小宛病时，有人送我一种叫剪桃红的菊花，这种菊花繁而厚，叶碧如染，浓条婀娜，每一枝都有云罨风斜之态。小宛都已经病了三个月，还能简单梳洗，看见了，非常喜欢，就留在榻边赏玩。每天晚上小宛点着蜡烛，用白菊花环绕成六曲，又用屏风围了三面，再在菊影处放张座椅，座位与菊影极富稀疏婆娑的风致。刚踏入此中，人在菊海，菊与人都在影中，又倒映于屏风之上。小宛回身对我说："菊花意态之美这样可以算是尽皆显露了！但又拿'人比黄花瘦'有什么办法呢？"现在想来，真是淡秀如画啊！小宛在卧房中种上春兰、建兰，从春天一直到秋天，总有高洁的风韵，经过小宛之手，更增芳香。小宛亲手用碧绿花笺抄了《艺兰十二月歌》贴在墙上。去年冬天小宛病了，这些花一下子就枯萎过半。楼下的一株复瓣黄梅，过去每当腊月万花齐放，可供三个月插载。但小宛去年冬天移到香俪园静养，数百枝条竟然没有开一朵花。只听见松涛阵阵，更增添了园中的凄凉。

　　姬最爱月，每以身随升沉为去住。夏纳凉小苑，与幼儿诵唐人咏月及《流萤纨扇》诗①。半榻小几，恒屡移以领月之四面。午夜归阁，仍推窗延月于枕簟间，月去复卷幔倚窗而望。语余曰："吾书谢希逸《月赋》②，古人厌晨欢，乐宵宴，盖夜之时逸，月之气静。碧海青天，霜缟冰净，较赤日红尘，迥隔仙凡；人生攘攘，至夜不休，或有月未出已酣睡者，桂华露影，无福消受。与子长历四序③，娟秀浣洁，领略幽香，仙路禅关④，于此静得矣。"李长吉诗云"月漉漉，波烟玉"⑤，姬每诵此三字，则反覆回环，日月之精神气韵光景，尽于斯矣。人以身入"波烟玉"世界之下，眼如横波，气如湘烟，体如白玉，人如月矣，月复似人，是一是二？觉贾长江"倚影为三"之语尚赘⑥，至"淫耽"、"无厌"、"化蟾"之句⑦，则得玩月三昧矣。

【注释】

① 唐人咏月：指唐诗中的咏月诗篇。《流萤纨扇》诗：当指杜牧《秋夕》："银烛秋光冷画屏，轻罗小扇扑流萤，天阶夜色凉如水，卧看牵牛织女星。"

② 谢希逸：即谢庄。庄字希逸，陈郡阳夏（今河南太康）人，南朝刘宋时辞赋家、诗人。

③ 四序：指春、夏、秋、冬四季。

④仙路禅关：指进入仙禅境界。

⑤李长吉：李贺（790—816），字长吉，唐代
著名诗人，有"诗鬼"之称。与李白、李商隐
三人并称唐代"三李"。祖籍陇西，生于福
昌县昌谷（今河南洛阳宜阳）。一生愁苦多
病，仅做过三年从九品微官奉礼郎，二十七
岁病卒。李贺是中唐浪漫主义诗人的代表，
又是中唐到晚唐诗风转变期的重要人物。
杜牧在其死后曾为其编《李长吉歌诗》四
卷并作叙，李商隐作《李长吉小传》。《新
唐书·文艺志》其中记载有《李贺诗集》五
卷。月漉漉，波烟玉：李贺所做乐府《月漉
漉篇》的首句。全诗为："月漉漉，波烟玉。
莎青桂花繁，芙蓉别江木。粉态夹罗寒，雁
羽铺烟湿。谁能看石帆？乘船镜中入。秋白
鲜红死，水香莲子齐。挽菱隔歌袖，绿刺胃
银泥。"

⑥贾长江：即贾岛（779—843），字浪仙，一
作阆仙，唐代诗人。唐朝河北道幽州范阳县
（今河北涿州）人。早年出家为僧，号无本，
自号"碣石山人"。后受教于韩愈，并还俗
参加科举，但累举不中第。唐文宗的时候被
排挤，贬做长江主簿。故被称为"贾长江"。
其诗精于雕琢，喜写荒凉、枯寂之境，多凄

人如月，月似人。

苦情味，自谓"两句三年得，一吟双泪流"。著有《长江集》十卷。倚影为三：当做"倚杉为三"，见贾岛《玩月》诗："但爱杉倚月，我倚杉为三。"

⑦"淫耽"、"无厌"、"化蟾"之句：皆出贾岛《玩月》，原诗后半部分为："他人应已睡，转喜此景恬。此景亦胡及，而我苦淫耽。无异市井人，见金不知廉。不知此夜中，几人同无厌。待得上顶看，未拟归枕函。强步望寝斋，步步情不堪。步到竹丛西，东望如隔帘。却坐竹丛外，清思刮幽潜。量知爱月人，身愿化为蟾。"

【译文】

　　小宛最爱赏月，总是随着月亮的升沉或走或停。夏天她在小园乘凉，教小孩儿吟诵唐人咏月和《流萤纨扇》诗，半榻小几总是随明月方向的变动而移动着。直到半夜时分回到房中，还要推开窗户让月光洒在枕席间，月亮落了仍要卷起帘子倚窗远望。她曾对我说："我抄过谢庄的《月赋》，古人不喜欢白昼欢愉，却喜欢晚上欢宴，大概是夜晚在一天中最闲逸、月色最静谧吧。天空像碧海，月光霜露洁白，冰雪明净，比起赤日红尘，真好像仙境与人间的区别。人生攘攘，至夜不休，有的人却在月亮未出就已酣睡，月亮的桂华露影，根本无福享受。我和你一道度过一年四季，在娟秀浣洁的月光中品幽闻香，那参禅入道的奥妙，都在这静夜的月光参悟出。"李长吉诗云"月漉漉，波烟玉"，小宛每次吟诵"波烟玉"这三字，总是反复吟哦，仿佛日月的精神气韵光景，都被这几字说尽了。人走进皓月烟波的晶莹世界中，眼神如水波一样荡漾，精神像湘江烟云一样飘洒，身体如白玉一样明净，人如月，月似人，是人是月，哪里还分得清呢？只觉得贾岛所谓"倚影为三"一类的话仿佛太聒噪多余了，倒是他的"淫耽"、"无厌"、"化蟾"等句子倒颇能道出赏月的真谛。

　　姬性澹泊，于肥甘一无嗜好。每饭以芥茶一小壶温淘，佐以水菜、香豉数茎粒，便足一餐。余饮食最少，而嗜香甜及海错、风薰之味①，又不甚自食，每喜与宾客共赏之。姬知余意，竭其美洁，出佐盘盂，种种不可悉记。随手数则，可睹一斑也。酿饴为露[②]，和以盐梅，凡有色香花蕊，皆于初放时采渍之，经年香味颜色不变，红鲜如摘。而花汁融液露中，入口喷鼻，奇香异艳，非复恒有。最娇者，为秋海棠露，海棠无香，此独露凝香发。又俗名断肠草，以为不食，而味美独冠诸花。次则梅英、野蔷薇、玫瑰、丹桂、甘菊之属。至橙黄、橘红、佛手香橼，去白缕丝，色味更胜。酒后出数十种，五色浮动白瓷中，解醒消渴，金茎仙掌[③]，难与争衡也。取五月桃汁、西瓜汁，一穰一丝漉尽，以文火煎至七、八分，始搅糖细炼。桃膏如

兰心蕙质

大红琥珀，瓜膏可比金丝内糖。每酷暑，姬必手取其泽示洁，坐炉边静看火候成膏，不使焦枯。分浓淡为数种，此尤异色异味也。

【注释】

① 海错：《禹贡》说"海物为错"，所以海错即指海产品。

② 饴：饴糖。用麦芽制成的糖浆，糖稀。露：加入药料或果子汁制成的饮料。

③ 金茎仙掌：指汉武帝所铸的金人承露盘中的甘露。《文选·班固〈西都赋〉》："抗仙掌以承露，擢双立之金茎。"汉武帝好神仙，作承露盘以承甘露，以为服食之可以延年。《汉书·郊祀志上》："（汉武帝）其后又作柏梁、铜柱、承露、仙人掌之属矣。"《资治通鉴》卷二十："春（指汉武帝元鼎二年，即前115）起柏梁台，作承露盘，高二十丈，大七围，以铜为之，上有仙人掌，以承露，和玉屑饮之，云可以长生。"史学界认同的承露盘有两座。其一为柏梁台上的承露盘；其二为柏梁台被焚后所建建章宫神明台上承露盘。金茎，用以擎承露盘的铜柱。仙掌，即汉武帝所铸的金人承露盘。

【译文】

　　小宛性情淡泊，对于味重汁肥的东西都不怎么喜欢。总是用芥茶淘饭，每餐用一点点蔬菜、豆豉下饭就足够了。我的食量很少，但却喜欢香甜的食物以及海味、烟熏食物，自己不怎么吃，总喜欢和客人分享。小宛知道我的意思，总是竭尽食材的色、香、味，然后用好看的碗、盏、盘、盂装了，用以佐餐，花色多得都不能记住。随便举几例说，就足以见出一斑。比如小宛酿糖浆做花露，用盐梅调和，那些色艳香浓的花蕊，只在它们初开时采择，然后用糖浆浸渍，这样哪怕经年，花香与色泽都不褪变，红香鲜艳仿佛初摘，而花汁融入糖浆蜜液中，入口喷香，那奇香异艳，小宛之后再没有见到了。最娇艳的是秋海棠露。海棠花没有香味，但海棠花露却香气悠久。还有俗名断肠草的，人们都以为不能吃，但它的味道却在众花之首。再就是梅花、野蔷薇、玫瑰、丹桂、甘菊之类的。至于黄橙、红橘、佛手香橼，去掉皮中的那些白缕丝，再用蜜渍，色、味就更佳妙了。喝过酒后，再端出数十种花露，五颜六色的绽放于白瓷盏中，既能解酒又能消渴，哪怕是汉武帝金茎仙掌甘露，也没法比了。她选取五月间的桃汁、西瓜汁，滤净其中丝丝穰穰的杂质，用小火煎到七八分开，才把糖搅进去细细熬制。制好的桃膏像大红琥珀，瓜膏可以和金丝内糖比美。每到酷暑，小宛一定亲手取汁以保证干净，并坐在炉边静静观察火候，静等膏成，不让它熬焦或熬干，并将膏分成浓淡几种。这尤其是颜色出众味道奇美。

　　制豆豉，取色取气先于取味。豆黄九晒九洗为度，颗瓣皆剥去衣膜，种种细料，瓜杏姜桂，以及酿豉之汁，极精洁以和之。豉熟擎出，粒粒可数，而香气酣色殊味，迥与常别。红乳腐烘蒸各五六次，内肉既酥，然后削其肤，益之以味，数日成者，绝胜建宁三年之蓄①。他如冬春水盐诸菜，能使黄者如蜡，碧者如苔，蒲、藕、笋、蕨、鲜花、野菜、枸蒿、蓉、菊之类，无不采入食品，芳旨盈席。

【注释】

①建宁三年之蓄：明代建宁腐乳非常有名。建

黄者如蜡，碧者如苔，芳旨盈席。

宁，一说在今湖北石首，一说在今福建。

【译文】

　　小宛做豆豉，对色、香的重视更甚于味道。她先将黄豆晒九次洗九次，这样之后，每粒黄豆的衣膜都洗干净了，然后再加入各种精细调料，诸如瓜杏姜桂什么的，还有酿豆豉的汁水，非常干净细致地搅和。等到豆豉酿熟了舀出来，豆子粒粒可数，那色与香，以及那醋醇的味道，与一般的豆豉完全不一样。小宛做的红腐乳，要烘五六次再蒸五六次，里面都烂酥了，然后再把腐乳的表皮刨去，加入各种味道，再过许多天，腐乳就熟了，那味道完全胜过藏了三年的建宁腐乳。其他像冬春时节做的水腌咸菜，小宛能使得黄的像蜡，绿的像青苔，那些蒲、藕、笋、蕨、鲜花、野菜、枸蒿、蓉、菊之类的茎叶，也都被小宛拿来做食材，而且都芳旨盈席。

　　火肉久者无油①，有松柏之味；风鱼久者如火肉，有麂鹿之味；醉蛤如桃花，醉鲟骨如白玉，油蚶如鲟鱼，虾松如龙须，烘兔、酥雉如饼饵②，可以笼而食之；菌脯如鸡菌，腐汤如牛乳。细考之食谱，四方郇厨中一种偶异③，即加访求，而又以慧巧变化为之，莫不异妙。

【注释】

①火肉：火腿。
②饼饵：糕饼类小吃的泛称，比较酥软。
③郇厨：厨师。唐代名将韦陟，袭封郇国公，精于饮食，穷奢于寻找美味食物，因此被人们尊称为"郇厨"、"郇公厨"。

【译文】

　　小宛做的火腿放久了没有油，嚼久了仿佛有松柏的清香；她做的熏鱼放久了吃起来像火腿肉，仿佛有麋鹿肉的味道；醉蛤色如桃花，醉鲟骨头像白玉，油蛆如鲟鱼，虾松如龙须，烘兔、酥雉如饼饵，可以笼在袖子里做小零食吃；菌脯如鸡菌，腐汤如牛乳。小宛总是细细地研读食谱，周边谁家的厨师烧了什么新异的菜肴，她马上去访求学习，然后又加入自己的琢磨和变化，那味道无不奇特佳妙。

常常想，到底怎样的爱才能激起人哪怕是低到尘埃深处，依旧可以开出花朵来的力量呢？

如果真有那样一种爱，可以将自己匿入泥淖中，却示对方以最强最韧的决心、最美最媚的娇妍和最全最深的顾念，那任谁也无所逃于天地之间吧。董小宛对冒辟疆的情感，就是这样的吧。

首先，董小宛追求冒辟疆的执著与坚决，是任何一个男子都无法逃脱和拒绝的。第

董小宛与冒襄

一，她放得下矜持。冒辟疆与董小宛第一次欢会之后，冒辟疆第二天去辞行，董小宛则早自妆成等候，一见冒辟疆的船靠岸则"疾趋登舟"，对冒辟疆的拒绝只说"我装已成，随路相送"，此后一路二十七天，冒辟疆二十七次赶董小宛走，董小宛只是"坚以身从"。第二，她舍得下繁华。董小宛在伴冒辟疆登金山时，就对着江水发誓说："委此身如江水东下，断不复返吴门！"此后，她回吴门等冒辟疆科考中第消息，即茹素杜门，坚身以待。第三，她抛得下性命。在与冒辟疆订定盟约后，怕冒辟疆再生变故，董小宛"孤身挈一妪，买舟自吴门江行。遇盗，舟匿芦苇中，舵损不可行，炊烟遂断三日"。冒辟疆本欲践董小宛之约，恰逢父亲回来，又抛下董小宛前去见父亲，董小宛又从家里雇船去追，途中，船遇到风，"几复罹不测"，又几乎丧命。第四，她忍得下委屈。冒辟疆曾经喜欢陈圆圆，并与陈圆圆有过盟约，但后来，终以"急严亲患难，负一女子无憾"之名负于陈圆圆。在债主们追逼董小宛之际，冒辟疆再次退缩，铁面冷心，任董小宛"孤身维谷，难以收拾"，都置若罔闻。是钱谦益等朋友的周旋与帮助，董小宛才终了心愿，嫁进冒家。尽管，就董小宛的现实处境来说，得嫁冒辟疆的确是最佳归宿。冒辟疆不仅高才飒涌，名倾一时，而且风仪俊美，家世清贵，乃复社中一位负气节而又风流自喜的高名才子，与方以智、侯方域、陈贞慧同被人称为"四公子"。而且，当时太监曹化淳、国丈周奎、田弘遇等不断派人来苏州采办佳丽，陈圆圆、董小宛等人都是首选。另外，董小宛母亲去世，欠下许多债务，陈圆圆也终被豪门劫去，严峻当前，董小宛追逐冒辟疆确实是明智之举。但能如此决绝，如此不顾一切，确实令人动容。

其次，董小宛赋予她与冒辟疆爱情的美丽与优雅，是任何一个人都会向往与怀恋的。当初，她初进冒家之门时，以西洋布制成罗裳轻衫，"薄如蝉纱，洁比雪艳，以退红为里"，"不减张丽华桂宫霓裳也"。董小宛与冒辟疆一道登金山，"山中游人数千，尾余二人，指为神仙。绕山而行，凡我两人所止则龙舟争赴，回环数匝不去"，真可谓"江山人物之盛，照映一时"。后来，进了冒家之后，董小宛学字，"日写数千字，不讹不落"，冒辟疆但有抄摘之文，董小宛总能做到随时整理抄录，令冒辟疆心喜不已；烧香，"细心秀致"，制作出"闺中异品"之香，既香闻细细却了无轻烟；煮茗，焚煮有法，务必究心于茶具、茶水、茶叶、茶

水绘园波烟玉亭今影。以当日董小宛爱"月漉漉，波烟玉"而得名。

香、茶味等琐事，竟令冒辟疆那等风雅公子也深有风致之感；其他如插花、赏月等等，无不
雅至极境、美至绝伦，令冒辟疆最终发出"余一生清福，九年占尽，九年折尽矣"的喟叹。

最后，董小宛给予冒辟疆生活的照顾与打理，是任何一个人都会沉溺和酣醉的。董小
宛自己呷清品淡，于食物无所奢求，但对于冒辟疆对于食物至味的渴求却能周全极致地满
足，令人叹羡不已。食物讲求色、鲜、香、味，所谓食之最高境界，乃是既存食材之原样，又
味道全在咸酸之外，这些董小宛竟全能操控。在食物之色上，董小宛能做到，所做之花露
色如花蕊初绽，泽如金质琥珀，所腌咸菜，"黄者如蜡，绿者如翠"；在食物之鲜、香、味方
面，董小宛可以让火肉有松柏之味，风鱼有麂鹿之味，"醉蛤如桃花，醉鲟骨如白玉，油蛆

如鲟鱼，虾松如龙须，烘兔酥雉如饼饵"，哪怕是豆豉也能既存豆之形，又具豆瓣之香，同时又"气香色甜味殊"；哪怕是腐乳，董小宛也能令其鲜、咸、味臻至佳境，令人难言其妙。至今，苏、锡一带有所谓"董肉"、"董糖"之说，据传，竟是指董小宛制作的走油肉、酥糖，真是吗，太神了！董小宛对食物的理解，使她可以无论"蒲、藕、笋、蕨、鲜花、野菜、枸蒿、蓉、菊之类"，皆采以入食，竟能"芳旨盈席"。冒辟疆生病，董小宛可以衣不解带，昼夜照料，乃至自己憔悴不堪，病入膏肓。普通寻常之人，但有董小宛身上一种品格，一种能力，也可令人心折，难为董小宛竟德、才、品、貌俱佳俱绝，让冒辟疆如何逃脱？

除了冒辟疆，冒家上下、内外、大小人众，都享受了董小宛的照顾。对冒辟疆之母与冒辟疆之妻，董小宛服侍得比侍女还要用心；对冒辟疆之子，冒辟疆自己教授尚缺少耐心，偶不称意，即加以责打。董小宛则细细监督他们将文章认真修改，工整地誊写好，然后呈交冒辟疆，既免孩子被责罚，又免让冒辟疆生气；对家中事务，凡冒辟疆出入应酬及家中大小开支，董小宛都细心经手，却并不为自己积攒任何私房钱或置办任何金银饰件。

董小宛无边无际的爱终于网住了冒辟疆那颗本来有些自私、有些冷酷的心，冒辟疆也终于体悟到了董小宛的爱，写出了哀感顽艳的《影梅庵忆语》，令他的其他文字顿失颜色；也正是冒辟疆的《影梅庵忆语》使人们终于知道董小宛追求的执著，冒、董爱情生活的优雅、精致和美丽。

《影梅庵忆语》之后，《香畹楼忆语》（清·陈裴之）、《小螺庵病榻忆语》（清·孙道临）、《眉珠庵忆语》（清·王韬）以及《浮生六记》（清·沈复）、《秋灯琐忆》（清·蒋坦）等附丽追风之作频生，宛自成为风景。民国时赵苕狂在《影梅庵忆语考》说："自从这部书出现于文坛后，依照着它的体裁而继续撰作的，也很有上几部，如《香畹楼忆语》、《秋灯琐忆》……等都是。当然，这许多的作品不是为悼亡而作，就是当细君生时纪述他们伉俪间的艳事柔情的，所以，在这种忆语体文字之中说来，《影梅庵忆语》可称得是鼻祖的了。"细细想来，冒辟疆的《影梅庵忆语》的确让中国传统文学对爱情的叙写上升了一个高度，是该感谢冒辟疆还是该感谢董小宛呢？

中秋饮爱竹轩小记

【清】龚鼎孳①

桐叶下阶，幽蛩泣露②，瓶中金粟③，累累作寒香向人。与弟辈快举数觥，歌"此夕若无月，一年虚度秋"之句④。已乃清光如水，倒侵空斋，携具过爱竹轩，坐石坪上，酌一樽，邀素娥使下。草树蒙茸⑤，淡烟微合，犬声间作，人影参差，莲漏沉沉⑥，瑶光未没。当斯时也，念良辰之不再，感聚首之难期。何岁无秋，此夜极他乡之乐；何宵不月，明年怅荆楚之游。顾念旧山阔焉，千里凉飚方劲⑦，孤云黯然，得无有结愁思于倚闾、悲高楼之荡妇者哉⑧，停杯慷慨，旋复自失也⑨。

【注释】

① 龚鼎孳（1615—1673）：鼎孳字孝升，号芝麓，安徽合肥人。明崇祯七年（1634）进士，授兵科给事中。入清，官至礼部尚书。诗文与钱谦益、吴伟业并称"江左三大家"。卒谥端毅。著有《定山堂文集》、《定山堂诗集》、《定山堂词集》等。

② 蛩（qióng）：蟋蟀。白居易《禁中闻蛩》诗："满耳新蛩声。"

③ 金粟：此处指菊花。

④ 此夕若无月，一年虚度秋：指唐朝诗人司空图的诗《中秋》。原诗为："闲吟秋景外，万事觉悠悠。此夜若无月，一年虚度秋。"

⑤ 蒙茸：朦胧。

⑥ 莲漏：莲花漏，宋代计时器的一种。宋仁宗朝有燕肃造莲花漏，亦即浮漏。

⑦ 飚（biāo）：疾风，暴风。

⑧ 结愁思于倚闾，悲高楼之荡妇：整句意思是：怎能不像父母盼子女归来一样内心忧愁，像登高远望的怨妇一样生出悲哀呢。倚闾，指盼望子女归来。《战国策·齐策六》："女朝出而晚来，则吾

倚门而望；女暮出而不还，则吾倚闾而望。"悲高楼之荡妇，指妇女思念丈夫。南朝梁王台卿《同萧治中十咏二首》之《荡妇高楼月》："空度高楼月，非复五三年。何须照床里，终是一人眠。"荡

妇，古人又将思念远行丈夫或情人的妇女称为"荡妇"。

⑨旋复：立刻，马上。自失：因感空虚不足而内心若有所失。

【译文】

　　梧桐叶飘零，落在台阶下，穴中蟋蟀哀鸣，叶上清露晶莹，瓶中的金菊，一丛一丛的，散出清冷的香味。我和弟弟们畅快地喝了好几大杯，吟咏着"今夕若无月，一年虚度秋"之类的诗文。过了一会儿，月光如水般斜照进空疏的房间，我们拎着食材酒具穿过爱竹轩，坐在石坪上，倒一杯酒，邀月中嫦娥共饮。月下草树朦胧，寒烟弥漫，夹杂着几声狗叫，人影稀疏，更漏声渐渐弱下去了，月光美丽依旧。这个时候，不觉感慨良辰难再，聚首难期。哪年没有秋天呢，今夜却格外充满他乡之乐；哪个良宵没有月

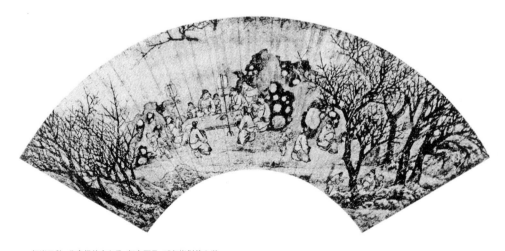

何岁无秋，此夜极他乡之乐，何宵不月，明年怅荆楚之游。

龚鼎孳手迹

亮呢，今夜却不免要感叹明年又要远去荆楚。回首旧山又要离得远了，千里之外，疾风正飕飕地刮起，孤云黯淡，此时怎能不生出像父母盼望儿女归来、像妻子期待远行的丈夫回家一样的悲哀呢？放下酒杯慨叹，又忽然感到心中若有所失了。

中秋赏月、朋友聚饮、吟诗作文，古来文人所为，大多如此。龚鼎孳这篇《中秋饮爱竹轩小记》也就是写这些内容。其实，何岁无秋，何宵无月，谁没有中秋的记忆，又何必在别人的欢娱中凑热闹呢？但龚鼎孳的文章很适宜藉以抒情。他的文章胜在文雅含蓄，曼妙无比。月光、落叶、蛩声、树影、花香、契友、幽怀，无不应景而在，落落堂堂，很贴切。有时站在高处，天空不知名的鸟儿飞过，远处咿呀的唱腔传来，身边稚老无虑地玩乐，浑然忘我时，龚鼎孳的文字就漫然浮上来了。龚鼎孳的这篇作品有种很典型的文艺范儿。

很奇怪，研究界一直对龚鼎孳不太热情。以龚氏的文学成绩，以及他的才情、声望、名位、际会、时运，在清初"江左三大家"中，龚氏是最堪称"前代数公，为之创始"的人物，可比起另两位钱谦益和吴伟业的后世影响来说，龚氏几乎是无名之卒。论才名，顺治皇帝都说龚氏"下笔千言，如兔起鹘落，不假思索，真当今才子也"（清·郑方坤《国朝名家诗钞小传》）；论风流，钱谦益有柳如是，吴伟业与卞玉京暧昧，而龚鼎孳与"秦淮八艳"中翘楚人物顾媚结成婚姻；论声望，也曾"两典会试，汲引英隽如不及"（《清史稿·文苑传》），朱彝尊、陈维崧、傅山、阎尔梅、梁清标等清代名望之士都曾得其帮助，钱谦益死后，"在朝有文藻负士林之望者，推鼎孳云"（《清史稿·文苑传》）。怎么就不受关注呢？人说龚鼎孳作诗有三异："每与同人酒阑刻烛，一夕可得二十余首。篇皆精警，语无拙易，此一异也。当华筵杂沓之会，丝竹满堂，或金鼓震地，而公构思苦吟，寂若面壁。俄顷诗就，美妙绝伦，此二异也。他人次韵每苦棘手，而公运置天然，即逢险韵，愈以偏师胜人，此三异也。"（清·邓汉仪《诗观初集》）果然厉害。但问题可能也就在这里，"天才宏肆，千言立就"，太缺少沉潜和挣扎了。读这篇《中秋饮爱竹轩小记》，文章美则美矣，可就是有些冷，看不到作者陷在其中的纵情与任性。也是，比起钱谦益和吴伟业在新朝的焦虑和挣扎来，龚鼎孳在新朝倒比较得意，太能周旋的人的文章有时就是不够感人。

顾　媚①

【清】余怀②

　　顾媚，字媚生，又名眉。庄妍靓雅，风度超群，鬓发如云，桃花满面，弓弯纤小，腰肢轻亚，通文史，善画兰，追步马守真③，而姿容胜之，时人推为南曲第一④。家有眉楼，绮窗绣帘，牙签玉轴⑤，堆列几案，瑶琴锦瑟，陈设左右，香烟缭绕，檐马丁当⑥。余尝戏之曰："此非眉楼，乃迷楼也⑦。"人遂以"迷楼"称之。当是时，江南侈靡，文酒之宴，红妆与乌巾紫裘相间⑧，座无眉娘不乐。而尤艳顾家厨食，品差拟郇公、李太尉⑨，以故设筵眉楼者无虚日。

【注释】

①顾媚（1619—1663）：又名眉，字眉生，号横波，晚年号善持君，上元（今江苏南京）人，明末秦淮名妓，与董小宛、李香、柳如是、卞玉京等齐名。

②余怀（1617—1696）：字澹心，一字无怀，号曼翁、广霞，又号壶山外史、寒铁道人，晚年自号鬘持老人。祖籍福建莆田，出生、生活于南京。清初文学家。晚年退隐吴门，漫游支硎、灵岩之间，征歌选曲。他与杜浚、白梦鼎齐名，时称"余、杜、白"。著有《板桥杂记》、《余怀集》。

③马守真：马湘兰（1548—1604），明代女诗人、女画家。据《秦淮广记》载，她名守贞，字湘兰，小字玄儿，又字月娇，因在家中排行第四，人称"四娘"。能诗善画，尤擅画兰竹，故有"湘兰"之称。另有传奇剧本《三生传》、《研铭》一篇。

④南曲：此处指妓院。

⑤牙签玉轴：卷型古书的标签和卷轴。借指书籍。牙，象牙。玉，美玉。形容书籍之精美。

⑥檐马：也名"铁马"，"风铎"，当是现代风铃的前身。唐朝时，唐睿宗的儿子歧王在其宫中竹林里挂了许多玉片，听玉片的碰撞声判断风的方向。风铃也作为辟邪物悬挂于房前屋后。

⑦迷楼：传说隋炀帝所建的楼名。唐冯贽《南部烟花记·迷楼》："迷楼凡役夫数万，经岁而成。楼阁高下，轩窗掩映，幽房曲室，玉栏朱楯，互相连属。帝大喜，顾左右曰：'使真仙游其中，亦当自迷也。'故云。"

⑧乌巾：黑头巾。即乌角巾。古代多为隐居不仕者的帽子。

⑨郇公：唐代名将韦陟，袭封郇国公，精于饮食，穷奢于寻找美味食物，因此被人们尊称为"郇厨"、"郇公厨"。李太尉：唐代名相李德裕（787—849），进封太尉、赵国公，传说他喜食珠宝羹，每杯价值银钱三万。

【译文】

　　顾媚字媚生，又叫眉。她端庄秀丽优雅，风度超群；她的头发如云般茂密，脸色红润如桃花，小脚包得很纤小，腰肢轻柔曼妙。她还精通文史，擅长画兰花，可以和马守真相比，但容貌姿态却胜过她，当时人推顾媚为秦淮妓家第一。家中有座楼叫眉楼，雕窗绣帘，书卷画轴，堆满了桌案，瑶琴古瑟，陈列在桌案两侧，香烟缭绕，屋檐下的响铃叮咚作响。我曾经开玩笑说："这不该叫眉楼，应该叫迷楼。"于是大家就都称之为迷楼了。那时，江南风

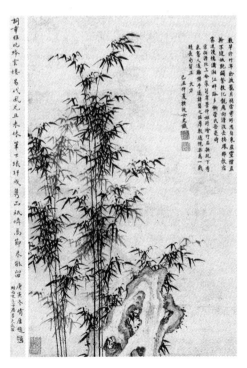

顾媚《竹石图》

气奢侈淫靡，文人诗酒之宴，红妆与儒帽、官服错杂相间，座席间没有顾媚就没意思。而且大家尤其喜欢顾媚家的菜肴，其味道品相堪称一流，所以每天都有在眉楼设宴的，几乎没有一天空闲。

　　然艳之者虽多，妒之者亦不少。适浙东一伧父①，与一词客争宠，合江右某孝廉互谋，使酒骂座，讼之仪司②，诬以盗匿金犀酒器，意在逮辱眉娘也。余时义愤填膺，作檄讨罪，有云"某某本非风流佳客，谬称浪子端庄，以文鸳彩凤之区③，排封豕长蛇之阵④；用诱秦诳楚之计⑤，作摧兰折玉之谋⑥，种夙世之孽冤，煞一时之风景"云云。伧父之叔为南少司马⑦，见檄，斥伧父东归，讼乃解。眉娘甚德余，于桐城方罹庵堂中⑧，愿登场演剧为余寿⑨。从此摧幢息机，矢脱风尘矣⑩。

顾媚《花蝶图》扇面

【注释】

① 伧父：东晋南北朝时，南人讥北人粗鄙，蔑称之为"伧父"。《晋书·文苑传·左思》："初，陆机入洛，欲为此赋，闻思作之，抚掌而笑，与弟云书曰：'此间有伧父，欲作《三都赋》，须其成，当以覆酒瓮耳。'"后用以泛指粗俗、鄙贱之人，犹言村夫。

② 仪司：泛指地方司法机构。

③ 文鸾彩凤之区：这里指文雅斯文之地。

④ 排封豕长蛇之阵：此句指做粗暴下作之事。封豕长蛇，原指贪婪如大猪，残暴如大蛇，后喻贪暴者或侵略者。封豕，大猪。封，大。

⑤ 诱秦诓楚：战国时张仪劝导秦国以连衡破合从，以诡诈手段欺骗楚国背齐向秦。后以之表示挑拨离间。

⑥ 摧兰折玉：毁坏兰花，折断美玉。比喻摧残和伤害女子。

⑦ 南少司马：即范景文（1587—1644），字梦叔（梦章），号思仁，吴桥（今河北吴桥）人。万历四十一年（1613）进士。历任兵部侍郎、工部尚书，内阁大学士等职。景文为人清正，曾在门上张贴"不受嘱，不受馈"六个大字，人赞为"二不尚书"。京师陷，俄传帝出，景文草遗疏，赴井死。

⑧ 桐城方瞿庵：方应乾（1590—1663），原名若范，字时生，号瞿庵。恩贡生。

⑨ 愿登场演剧为余寿：余怀《板桥杂记》载"名妓仙娃，深以登场演剧为耻。若知音密席，推奖再三，强而后可"，故此处顾媚愿意为余怀登台表演致谢，确实是非同寻常之举。

⑩ 从此摧幢息机，矢脱风尘矣：指顾媚想要从良。摧幢，语出西晋木华《海赋》"决帆摧幢，戕风起恶"，原指折断桅杆，此指顾媚放倒艳帜。幢，古代原指支撑帐幕、伞盖、旌旗的木竿，后借指帐幕、伞盖、旌旗。息机，熄灭机心。《楞严经》卷六："息机归寂然，诸幻成无性。"矢，誓，发誓。

【译文】

　　虽然称赞喜欢顾媚的人很多，但嫉妒的人也不少。恰好浙东有个鄙俗之人和一个文人争宠，于是就与江右的一位孝廉合谋，故意借酒骂座，向官府告状，诬蔑说眉楼盗取私藏金犀酒器，打定主意想要逮捕羞辱顾媚。我当时义愤填膺，特意写了一篇檄文讨伐这人。我在檄文中说了"某某本来就不是什么温和风流的好客人，妄称风流端方，在斯文高雅之地，做那粗暴下作之事；用挑拨离间的计谋伤害女子；既让彼此间积下极大的仇怨，也大煞现场的风景"之类的话。那村夫的叔叔是南少司马，看了檄文，就训斥那村夫，命他返回浙东，这桩讼案因此化解。顾媚非常感谢我，就在桐城方家，要亲自为我登台表演致谢。这件事后，顾媚决定从良。

大约也只有明末名妓的聚会才会如此地为世人津津乐道。

　　未几，归合肥龚尚书芝麓。尚书雄豪盖代，视金玉如泥沙粪土，得眉娘佐之，益轻财好客，怜才学士，名誉盛于往时。客有求尚书诗文及乞画兰者，缣笺动盈箧笥①，画款所书"横波夫人"者也。岁丁酉②，尚书挈夫人重过金陵，寓市隐园中林堂③。值夫人生辰，张灯开宴，请召宾客数十百辈，命老梨园郭长春等演剧。酒客丁继之、张燕筑及二王郎串《王母瑶池宴》④。夫人垂珠帘，召旧日同居南曲呼姊妹行者与燕，李大娘、十娘、王节娘皆在焉。时尚书门人楚严某⑤，赴浙监司任⑥，逗留居樽下，褰帘长跪，捧卮称："贱子上寿！"坐者皆离席伏，夫人欣然为罄三爵，尚书意甚得也。余与吴园次、邓孝威作长歌纪其事⑦。嗣后，还京师，以病死。敛时，现老僧相，吊者车数百乘，备极哀荣。改姓徐氏，世又称徐夫人。尚书有《白门柳传奇》行于世⑧。

【注释】

① 缣：《释名·释采帛》："缣，兼也，其丝细致，数兼于绢，染兼五色，细致不漏水也。"汉以后，多用作赏赠酬谢之物。箧笥（qiè sì）：藏物的竹器，多指箱和笼。

② 岁丁酉：顺治十四年（1657）。

③ 寓市隐园中林堂：其地大约在现今南京长乐路武定桥东南油坊巷一带，早先为明隆庆、万历年间姚涞的别墅，有玉林、茶泉、中林堂、思元堂、海月楼、洗砚矶诸胜景，最具疏野之趣。龚鼎孳、顾媚夫妇在这里住了大半年的光景，从三月下旬一直到年底。

④ 丁继之（1585—?）：南京人，名胤。明代昆曲唱家。丁继之以士子常为昆曲客串，于戏无所不能，老旦戏素负盛名，还擅演丑脚。其结交广泛，与周亮工、钱谦益、王士禛、冒辟疆、孔尚任等友善。晚年不再粉墨登场，约于崇祯末年在秦淮河畔大石坝街西经营一片河房，以课徒授曲、率徒侑酒为生。学者名流均喜来河房作客，复社诸君子亦常在此间以

文会友。清初，丁继之参与复明活动，九十余岁高龄病逝于南京。张燕筑：余怀《板桥杂记》："曲中狎客，则有张卯官笛，张魁官箫，管五官管子，吴章甫弦索，钱仲文打十番鼓，丁继之、张燕筑、沈元甫、王公远、朱维章串戏，柳敬亭说书。"扮宾头卢，妙绝一世。二王郎：指中翰王式之、水部王恒之。余怀《板桥杂记》："王式之中翰、王恒之水部，异曲同工，游戏三昧，江总持、柳耆卿依稀再见。"《王母瑶池宴》：疑及朱素臣所作传奇《瑶池宴》。

⑤尚书门人楚严某：指严正矩，龚鼎孳的学生，崇祯十六年（1643）进士。撰有《大宗伯龚端毅公传》。

⑥监司：有监察州、县之权的地方长官的简称。宋转运使、转运副使、转运判官与提点刑狱、提举常平皆有监察辖区官吏之责，统称监司。元廉访使与明布政使、按察使亦因有监察官吏之权称监司。清则布政使、按察使及各道道员皆有督察所属府、州、县之权，通称监司。

⑦吴园次：即吴绮（1619—1694），字园次，一字丰南，号绮园，又号听翁。江都（今江苏扬州）人。清代词人。顺治十一年（1645）贡生，荐授弘文院中书舍人，升兵部主事、武选司员外郎。又任湖州知府，以多风力、尚风节、饶风雅，时人称之为"三风太守"。后失官，再未出仕。著有传奇三种：《忠愍记》、《啸秋风》和《绣平原》，当时多被管弦，今均无存，著作《林蕙堂集》。邓孝威：邓汉仪（1617—1689），字孝威，号旧山，别号旧山梅农、钵叟。明末吴县诸生。少颖悟，博洽通敏，贯穿经史百家之籍，尤工于诗。早年从海宁举人查继佐（字伊璜）习举业，明末加入复社，曾参与虎丘大会，为社中的青年才俊。顺治元年（1644）为避身远祸，举家迁居泰州，放弃博士弟子员的身份，从此绝意仕进。康熙十八年（1679），召试博学鸿儒，不第，以年老授中书舍人。著有《淮阴集》、《官梅集》、《过岭集》等。

⑧《白门柳传奇》：按，龚鼎孳有《白门柳》、《绮忏》二词集，二集都为艳词，皆为早年之作。所谓"白门柳传奇"，公私藏书均无著录，疑即此集。

【译文】

不久，顾媚嫁给尚书龚芝麓龚鼎孳先生。龚先生本来就豪放大气，当世卓绝，视金珠玉宝如泥沙粪土，现在有媚娘在旁边辅佐着，更是轻财好客，怜才下士，名声比往日更大。人们求尚书诗文或者要求画兰花的书信、酬金，动辄堆满书箱，顾媚就磨墨动笔，那些落款"横波夫人"的作品就是她的。丁酉年，龚尚书带着顾媚重返金陵，住在市隐园中林堂。正赶上顾媚生日，于是张灯设宴，请了百十号客人来祝寿，又让著名戏子郭长春等演戏。席中的客人丁继之、张燕筑及中翰王式之、水部王恒之等也合起来串演了《王母瑶池宴》。尚书夫人顾媚垂下珠帘，叫

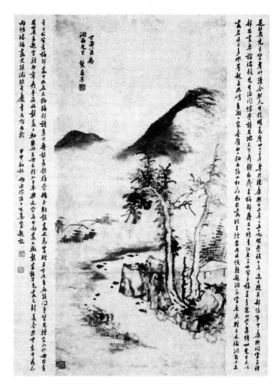

龚鼎孳画迹

来往日的青楼姐妹一道庆贺，当时李大娘、十娘、王节娘等人都到场。龚尚书的门人严正矩，正要到浙监司去上任，特意留下出席寿筵，席间，他揭起珠帘、端起酒杯，长跪下来道："门生为夫人祝寿！"座中之客全都离席跪伏，顾夫人很高兴地饮尽三大杯，龚尚书很是得意。我与吴园次先生、邓孝威先生都写了长诗记载当时的盛况并示祝贺。之后，顾夫人回到京城，因病去世。入殓时，一副老僧入定的安详，当时前来吊丧的车子有几百辆，真是备极哀荣。顾媚嫁给龚尚书后，改姓徐，世人又称徐夫人。龚尚书写有《白门柳》传奇传世。

顾眉生既属龚芝麓，百计求嗣，而卒无子。甚至雕异香木为男，四肢俱动，锦绷绣裸①，雇乳母开怀哺之，保母搴襟作便溺状，内外通称"小相公"，龚亦不之禁也。时龚以奉常寓湖上，杭人目为"人妖"②。后龚竟以顾为亚妻。元配童氏，明两封孺人，龚入仕本朝，历官大宗伯③，童夫人高尚，居合肥，不肯随宦京师，且曰："我经受两明封，以后本朝恩典，让顾太太可也。"顾遂专宠受封。呜呼！童夫人贤节过须眉男子多矣！

【注释】

①锦绷绣裸：指锦绣的褓裸。绷，婴儿的包被。

②时龚以奉常寓湖上，杭人目为"人妖"：按，时龚鼎孳父亲新丧，而龚鼎孳竟携顾媚游西湖，故杭人视之为人妖。奉常，官名。秦朝时设置，为九卿之一，掌管宗庙礼仪。后官名屡变，而职司不变。清代

因奉常之名。

③大宗伯：周官名，春官之长，掌邦国祭祀、典礼等事。《周礼·春官·大宗伯》："大宗伯之职，掌建邦之天神、人鬼、地之礼，以佐王建保邦国。"明清亦称礼部尚书为大宗伯。

【译文】

顾媚嫁给龚鼎孳先生后，千方百计地祈祷求嗣，但最终却没有生子。于是找了一种散发奇异香味的木头雕刻了一个小男孩，四肢都能动，给他做了锦绣褓裸，还让乳母开怀哺乳他。保姆还为这小孩撩起衣襟把尿，内外都称这小孩为"小相公"，龚鼎孳也不禁止顾媚这样做。那时龚先生以奉常身份寓居西湖，杭州人视龚鼎孳为人妖。后来龚鼎孳终于将顾媚正式作为亚妻。龚鼎孳的原配夫人童氏，在明朝两次受封为孺人，现在龚鼎孳在清朝做官，位列尚书，童夫人高风亮节，不愿随龚鼎孳进京，仍住在

合肥，还说："我已经两次受明朝封诰，以后本朝有什么恩典，就让给顾太太吧！"于是顾媚就专宠受封。唉！童夫人的贤明节操竟比须眉男子要高得多了。

与历代妓女相比，明清之际秦淮名妓们的政治眼界绝对是最高的，她们与人交游论婚，往往看重对方的政治身份，以此，陈圆圆嫁给吴三桂，柳如是嫁给钱谦益，董小宛嫁给冒辟疆，李香嫁给侯方域，葛嫩嫁给孙临，马娇嫁给杨龙友，顾媚嫁给龚鼎孳。明末清初的那段历史因为"秦淮八艳"的加入而格外富有魅力，总让人议论起来话题不休。顾媚不是八艳中最个性的一个，但应该算其中最善经营的一个。

按余怀的文章，顾媚一出场就相当成功辉煌。到底顾媚家世如何，早年何以沦落娼门，她一个年轻女子怎能在桃叶渡口——秦淮河畔最热闹的地段盖起"眉楼"，而且还能在楼房建筑及室内装修上极尽奢华呢？并无详细载记的史料。但看顾媚对"眉楼"的经营就知道此女子绝非池中之物。余怀说眉楼中厨师的手艺天下第一，所以眉楼每天都座无虚席。但吸引人们络绎不绝地登上眉楼的原因首先是

红笺记注，香麝匀染，生受绿蛾初画。

顾媚本人。顾媚能诗书,著名文人方以智和顾媚见过面之后,回忆说:顾媚工诗能书,善作兰。每对客挥毫,顷刻立就。又时高谈惊四座,凡文人墨客之聚,必顾媚与俱。而顾媚亦雅意自托,思与诸才人伍,每有文酒会,必流连不肯去,故吾党益重之。每当挥毫伸纸,其眼光影与笔墨之气,两相浮动。难怪余怀说文酒会上,倘若没有顾媚就没意思。顾媚很能来事,常在眉楼上举办各种演出,那些当日娱乐圈中的著名艺人们诸如吹笛的张卯官,吹箫的张魁官,吹管的管五官,调弦的吴章甫,打鼓的盛仲文,演戏的丁继之、张燕筑、沈元甫、王公远、宋维章,说书的柳敬亭等都曾在眉楼演出过。所以,眉楼诚如余怀所叹"乃迷楼也",许多文人都曾慕名到眉楼听曲赏玩。

顾媚与当时名流诸如方以智、余怀、张明弼、黄宗羲等都来往甚密,以兄弟相称,人们往往称顾媚为"眉兄"或"媚兄"。张明弼甚至在顾媚已嫁给龚鼎孳之后还念念不忘,他在《壬午秋仲揭阳署中寄怀辟疆盟弟》诗中写到:"昔年交会白门垂,亦有顾家女郎能修眉。江南秀气尽一室,至今秦淮之水异香渐。"现代历史学家孟森解释道:"凡此津津而道,知有余慕。夫壬午则横波已归芝麓,虽未北去,名花固有主,乃犹恋恋旧好欤!"(《横波夫人考》)难怪清人全祖望说:"明人放浪旧院,名士多陷没其间,虽以范质公(景文)、吴次尾(绮)、方密之(以智)、姜如须(垓)、冯跻仲、黄太冲(宗羲)亦不免焉。"范景文、吴绮、方以智、冯跻仲、姜垓、黄宗羲那样的风节之士,尚不能免俗,更何况其他人?"秦淮八艳"享誉一时也是自然。《顾媚》篇出自余怀的笔记《板桥杂记》,此书专载明末秦淮狭邪、艳冶之事。余怀曾深切感慨说:"鼎革以来,时移物换。十年旧梦,依约扬州。一片欢场,鞠为茂草。红牙碧串,妙舞清歌,不可得而闻也;洞房绮疏,湘帘绣幕,不可得而见也;名花瑶草,锦瑟犀毗,不可得而赏也。间亦过之,蒿藜满眼,楼馆劫灰,美人尘土,盛衰感慨,岂复有过此者乎!"一方面是对当日繁华极尽深情的缅怀,另一方面也是对今日凄凉无限感慨的伤悼,很令人欷歔。

据说,顾媚在打算从良后曾与一个叫刘芳的名士约为婚姻,后来又毁约了,而刘芳竟殉情自杀。为什么呢,是因为龚鼎孳么?龚鼎孳崇祯十四年(1641)秋以"大计卓异"授兵科给事中。次年奉命南下办公，路过南京，这一年，崇祯十五年（1642），二十七岁、春风得意的龚鼎孳与二十三岁、才貌双全的顾媚相识于眉楼。美满如斯，夫复何求？龚鼎孳一再作词感慨他们的相遇：

　　红笺记注，香縻匀染，生受绿蛾初画。挑琴擘阮太多能，自写影、养花风下。

　　月低金管，带飘珠席，两好心情难罢。芳时不惯是乌啼，愿一世、小年为夜。（【鹊桥仙】《楼晤之三，用向萝林七夕韵》之三）

　　嫣香院落莲钉扣。有结阵都梁弹袖。浓丝丽玉春风守。团定蓉屏粉肉。　　搓花瓣、做成清昼。度一刻、翻愁不又。今生誓作当门柳，睡软妆楼左右。（【杏花天】（《楼晤之四》）

崇祯十六年（1643），龚鼎孳不顾世论，娶顾媚为妾。崇祯十七年（1644），龚鼎孳因为屡屡上书激怒崇祯，罢职待审。初到京城的顾媚及时地跑去探狱，使龚鼎孳有勇气顶住大狱的审查与煎熬。当龚鼎孳于当年终于获释出狱时，又作词感慨道："铁石销磨未尽，算只

横波夫人小影

有、风情痴绝。生抛撇，瘴戟蛮装，更央珊枕埋骨。……料地老天荒，比翼难别。"(《万年欢·春初系释用史邦卿春思韵》)再不是当年绵绵的情话，而是生死与共的告白。因为有顾媚，龚鼎孳终于没有舍得殉情旧朝，而是在新朝继续风光；因为有顾媚，龚鼎孳的诗文也曾一度放任倾情，别样动人。

顾媚死后，因为她生前资助过许多读书人，江南许多文士都甚为伤感，以至于"吊者车数百乘，备极哀荣"。而龚鼎孳竟因读陈维崧的哀词，尤其是其中"红尘浼处奈他何，我亦受人怜惜为人磨"一句，失声痛哭，那么一个善于控制自己的人，竟然！除了子嗣是顾媚人力无法办到的，凡能经营到的地方，她无不完胜。

顾媚到底有怎样的魅力呢？龚鼎孳《登楼曲》描写了他对顾媚的印象说："晓窗染研注花名，淡扫胭脂玉案清。画黛练裙都不屑，绣帘开处一书生。"顾媚和柳如是一样喜欢作儒生装扮，所以龚鼎孳曾说"吾家闺阁是男儿"。记得看电影《胭脂扣》，名妓如花亦以男装出场来见陈十三少，秀媚脱俗，英气逼人，别有一种韵味。顾媚是那样的么？其时女画家金利赢曾在崇祯十二年(1639)给顾媚画像，顾媚站在假山石和树枝的中间，服饰简静，神情清脱秀雅，俨然明清版的知性美人，迷人的顾媚！

河东君小传①

【清】顾苓②

　　河东君者，柳氏也。初名隐雯，继名是，字如是。为人短小，结束俏利，性机警，饶胆略。适云间孝廉为妾③，孝廉能文章，工书法，教之作诗写字，婉媚绝伦。顾偒傥好奇，尤放诞④。孝廉谢之去⑤。游吴越间，格调高绝，词翰倾一时。

【注释】

① 河东君：柳如是（1618—1664）的别号。柳如是本名杨爱，后改名柳隐雯，再改柳隐，字如是。一字靡芜，号我闻居士。吴江盛泽镇人（一说嘉兴人）。早年为吴中名妓，工吟咏，擅丹青，颇有文采。著有诗稿《湖上草》、《戊寅草》与散文集《柳如是尺牍》。

② 顾苓：字美云，号浊斋居士。江苏苏州人。主要活动于崇祯至康熙年间。明亡后，自辟塔影园于虎丘山麓，隐居不仕。工诗文，书善篆隶、行楷，精篆刻。对古文、汉代碑版颇有研究。

③ 适云间孝廉为妾：据陈寅恪《柳如是别传》，柳如是是被卖入周家为歌舞婢，未云为妾。孝廉，指周道登（？—1632），苏州吴江人，为宋朝理学的鼻祖周敦颐的后裔。万历二十六年（1598）中进士，被选为庶吉士，进入翰林院供职。天启元年（1621）升至礼部左侍郎，旋即致仕。崇祯初年复起，任东阁大学士兼礼部尚书、上书房总师傅、国史官正总裁。

④ 放诞：放纵不羁。

⑤ 孝廉谢之去：据《柳如是别传》，柳如是因受主人喜爱而遭妒，几至杀身，遂被卖入娼家。

【译文】

河东君，姓柳。初名隐雯，后又名是，字如是。个子短小，装束紧俏利索，性格机警，富有胆略。嫁给云间孝廉做小妾，孝廉能文，擅长书法，就教如是作诗写字。柳如是的字画都非常婉媚。由于柳如是性格倜傥不羁，十分放纵，所以孝廉就把她放了出来。柳如是于是在吴越一带闲游，风度气韵高妙脱俗，辞藻文采倾倒一时。

柳如是儒生像

嘉兴朱治悯为虞山钱宗伯称其才①，宗伯心艳之，未见也。崇祯庚辰冬②，扁舟访宗伯。幅巾弓鞵③，著男子服。口便给④，神情洒落，有林下风⑤。宗伯大喜，谓天下风流佳丽，独王修微、杨宛叔与君鼎足而三⑥，何可使许霞城、茅止生专国士名姝之目⑦。留连半野堂⑧，文燕浃月⑨。越舞吴歌，旋举递奏；《香奁》《玉台》⑩，更唱迭和。既度岁，与为西湖之游。刻《东山酬和集》，集中称河东君云。君至湖上，遂别去。过期不至，宗伯使客构之乃出。定情之夕，在辛巳六月初七日⑪，君年二十四矣。宗伯赋《前七夕诗》，要诸同人和之。为筑绛云楼于半野堂之后。房栊窈窕，绮疏青琐⑫。旁龛金石文字，宋刻书数万卷。

列三代秦汉尊彝环璧之属，晋唐宋元以来法书，官哥定州宣成之瓷⑬，端溪灵璧大理之石⑭，宣德之铜⑮，果园厂之髹器⑯，充牣其中。君于是乎俭梳靓妆，湘帘棐几⑰，煮沉水，斗旗枪⑱，写青山，临墨妙，考异订讹，间以调谑，略如李易安在赵德卿家故事⑲。然颇能制御宗伯，宗伯甚宠惮之。

【注释】

① 钱宗伯：钱谦益（1582—1664），字受之，号牧斋，晚号蒙叟，东涧老人。常熟人。学者称虞山先生。明万历三十八年（1610）一甲三名进士，他是东林党的领袖之一，官至礼部侍郎，因与温体仁争权失败而被革职。马士英、阮大铖在南京拥立福王，钱谦益依附之，为礼部尚书。后降清，仍为礼部侍郎。清初诗坛的盟主之一，《明史》说他"至启、祯时，准北宋之矩矱"，作为诗人，他开创了有清一代诗风。作为文章家，钱谦益名扬四海，号称"当代文章伯"，乃王世贞之后文坛最负盛名之人。作为收藏家，钱谦益尽得刘凤、钱允治、杨仪、赵用贤四家书，更不惜高价广肆购求古本，构筑"绛云楼"，收藏宋元孤本书于其上，"所积充牣，几埒内府"。

② 崇祯庚辰：崇祯十三年（1640）。

③ 幅巾：是指用一块帛巾束首。幅巾之名早见于《后汉书·郑玄传》："玄不受朝服，而以幅巾见。"《三国志·魏书·武帝纪》亦有记载，裴松之注引《傅子》曰："汉末王公多委王服，以幅巾为雅。"这种厌弃冠冕公服，以幅巾束首的风气，一直延续到魏晋仍十分流行。幅巾在宋明时期亦是流行的头巾之一，士大夫常喜戴之，明代幅巾多为学者所戴。弓鞵：弓鞋，古代缠足妇女所穿的鞋子，妇女因缠足脚呈弓形，故其鞋有此名。

④ 口便给：口齿伶俐。

⑤ 林下风：指率性自然，风韵高迈清雅。语出《世说新语·贤媛》："谢遏绝重其姊，张玄常称其妹，欲以敌之。有济尼者，并游张、谢二家，人问其优劣，答曰：

'王夫人神情散朗，故有林下风气；顾家妇清心玉映，自是闺房之秀。'"

⑥王修微：王微（1600—1647），字修微，小字王冠，称草衣道人，明末扬州人，江南名妓。王七岁丧父后流落青楼，先嫁茅元仪，又归许誉卿。曾言"生非丈夫，不能扫除天下"，才情殊众，与柳如是齐名。曾编著有《名山记》、《樾馆诗》、《宛在篇》、《未焚稿选》、《远游篇选》、《间草选》、《期山草选》、《浮山亭草》等诗文集。杨宛叔：杨宛，字宛叔，一作宛若，明末金陵秦淮名妓，归茅元仪为妾。她能诗词、娴南曲，又善书画，其草书尤为人所称道。

⑦许霞城：即许誉卿，字公实，华亭人。万历四十四年（1616）进士，授金华推官。天启三年（1623），征拜吏科给事中。崇祯年间，以屡谏罢官。与王微相与，曾与王微合编上疏奏文《三垣奏疏》三卷。王微去世后，许誉卿出家为僧。茅止生：即茅元仪（1594—1640），号石民，又署东海波臣、梦阁主人、半石址山公等。浙江归安（今浙江吴兴）人，茅坤之孙。元仪文武双全，时人称："年少西吴出，名

成北阙闻。下帷称学者，上马即将军。"著有《武备志》、《督师纪略》、《复辽砭语》等六十多种。尤以《武备志》对后世影响甚大。曾纳秦淮名妓杨宛、王微为妾。

⑧半野堂：钱谦益在常熟虞山东涧的别墅。

⑨文燕浃（jiā）月：指诗文唱和，宴饮留连达一个月。燕，通"宴"，宴请，宴饮。浃，周匝。

⑩《香奁》：晚唐诗人韩偓的《香奁集》，所收全是表达男女恋情、离别相思、闺房愁怨、定情密约的爱情诗，且多以女子的口吻来抒写。

钱谦益印

这部诗集对后世影响较大，喜爱的人很多，仿作者各代都有，于是后世把这类题材、风格的诗称为

牧斋老人

"香奁体"，或叫"艳体"。《玉台》：收录作品上至西汉、下迄南朝梁代的诗歌总集。历来认为是南朝徐陵在梁中叶时所编。据徐陵《玉台新咏序》说，本书编纂的宗旨是"选录艳歌"，即主要收男女闺情之作。

⑪辛巳六月初七日：指崇祯十四年（1641）六月初七。

⑫青琐：精心镂刻成格的窗户。

⑬官哥定州宣成之瓷：指宋明以来著名瓷器。宋瓷以哥、永、官、定、均五大瓷著名，明代宣德、成化年间出产的瓷器为收藏者青睐。

⑭端溪灵璧大理之石：指各种美石摆设和石制品。端溪，溪名。在广东高要东南，产砚石，制成者称端溪砚或端砚，为砚中上品。后即以"端溪"称砚台。灵璧，安徽灵璧出奇石，分"泗滨浮磬"（今俗称"灵璧磬石"）和"灵璧石"两个不同的支系。灵璧石的石体融透、漏、瘦、皱、伛、悬、蟠、色，以及音韵之美等诸多美学要素，美轮美奂，号称"天下第一石"。明朝时，即作为贡品进贡朝廷。大理之石，大理石原指产于云南大理的白色带有黑色花纹的石灰岩，剖面可以形成一幅天然的水墨山水画，古代常选取具有成型花纹的大理石制作画屏或镶嵌画。

⑮宣德之铜：是指明宣德年间制作的铜香炉。

⑯果园厂之髹器：是指明代皇室御用的漆器作坊"果园厂"出产的漆器，这种漆器将铜胎或木胎涂上多层油漆，烘干磨光之后，又在漆上绘画、雕刻、镶嵌，色彩绚丽、纹饰优美。髹器，漆器。

⑰棐几：用棐木做成的几案。亦泛指几案。棐，通"榧"。木名，香榧。

⑱斗旗枪：斗茶。旗枪，茶名，产于浙江西湖、余杭、富阳、萧山等地，因该茶经开水冲泡后，叶如旗，芽似枪，故名。

⑲李易安在赵德卿家故事：指宋朝李清照与赵明诚校勘图书及以记忆古书赌茶的故事。见李清照著《金石录后序》。李易安，宋女词人李清照，号易安居士。赵德卿，赵明诚，字德卿，是李清照的丈夫。

【译文】

　　嘉兴的朱治恫对虞山钱谦益尚书盛称柳如是的才华,钱尚书心里很欣赏柳如是,却未曾见到她。崇祯庚辰年(1640)冬,柳如是雇一叶小舟前去拜访钱先生。她戴着幅巾穿着弓鞋,身着男子服装,口齿伶俐,神情潇洒大方,有林下君子的气度。钱先生十分高兴,认为天下只有王修微、杨宛叔和柳如是三个可以并称风流佳丽,怎么能让许霞城与王修微、茅止生与杨宛叔他们专享国士名姝的称号呢?于是柳如是留在半野堂,与钱先生一道唱酬宴饮近一个月。整日里越舞吴歌,一轮接一轮地表演;风流艳诗,一首接一首地唱和。又过了一年,钱先生又与柳如是作西湖之游,就在那时候,刊

柳如是和钱谦益

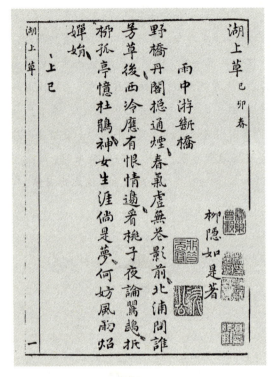

柳如是《湖上草》书影

刻了《东山酬和集》，集中柳如是称作河东君。柳如是到了西湖就与钱先生告别离开。然后过了约期也没来，钱先生让人想办法约请才来。定情的那天，是崇祯辛巳年（1641）六月初七，那年柳如是二十四岁。钱先生写了《前七夕诗》，请在座的同人都来唱和。钱先生在半野堂后边为柳如是建了绛云楼。楼阁玲珑幽深，屋宇窗棂雕刻精美。在房间里放着金石旧刻，宋版善本几万卷。房中，陈列着三代秦汉尊彝环璧，晋唐宋元以来书法名画，官哥定州宣成之瓷，端溪灵璧大理之石，宣德年间的铜鼎，果园厂制作的漆器，琳琳琅琅，满目皆是。从此，柳如是不再明妆靓颜，只是在窗帘下书桌旁，整日与钱先生焚香品茶，写字作画，考订古书，间或开开玩笑，仿佛李清照与赵明诚那种生活。不过，柳如是很有办法控制和驾驭钱先生，所以，钱先生非常宠溺和忌惮柳如是。

　　乙酉五月之变，君劝宗伯死，宗伯谢不能①。君奋身欲沉池水中，持之不得入。其奋身池上也，长洲明经沈明抡馆宗伯寓中见之；而劝宗伯死，则宗伯以语兵科都给事中宝丰王之晋，之晋语余者也。是秋，宗伯北行，君留白下。宗伯寻谢病归②。丁亥三月，捕宗伯亟③。君挈一囊，从刀头剑铓中，牧围馈橐惟谨④。事解，宗伯和苏子瞻《御史台寄妻》韵，赋诗以美之。至云"从行赴难有贤妻"，时封夫人陈氏尚无恙也。宗伯选《列朝诗》，君为勘定《闺秀》一集。庚寅冬⑤，绛云楼不戒于火，延及半野堂。向之图书玩好略尽矣。宗伯失职，眷怀故旧，山川间阻，君则"知子之来之，杂佩以赠之；知子之顺之，杂佩以问之"⑥，有《鸡鸣》之风焉。久之，不自得。生一女，既昏。癸卯秋⑦，下发入道。宗伯赋诗云："一剪金刀绣佛前，裹将红泪洒诸天。三条裁制莲花服⑧，数亩诛锄稑稴田⑨。朝日装铅眉正妩，高楼点黛额犹鲜。横陈嚼蜡君能晓⑩，已过三冬枯木禅⑪。""鹦鹉纱窗昼语长，又教双燕话雕梁。雨交沣浦何曾湿，风认巫山别有香。初著染衣身体涩⑫，乍抛稠发顶门凉。萦烟飞絮三眠柳⑬，飏尽春来未断肠。"明年五月二十四日，宗伯薨。族子钱曾等为君求金⑭，要挟蜂起，于六月二十八日自经死。宗伯子曰孙爱及婿赵管为君讼冤，邑中士大夫谋为君治丧葬。宗伯门人顾苓曰："呜呼！今而后宗伯语王黄门之言，为信而有征也。"宗伯讳谦益，字受之，学者称牧斋先生，晚年自号东涧遗老。　甲辰七月七日书于贞娘墓下⑮。

【注释】

① 乙酉五月之变，君劝宗伯死，宗伯谢不能：指顺治二年（1645）清兵攻下南京，柳如是劝钱谦益殉国，钱贪生不能自杀。乙酉，顺治二年。

② 是秋，宗伯北行，君留白下。宗伯寻谢病归：按，钱谦益1645年十月到达北京，1646年元月被清朝仍授以礼部右侍郎原官，此令钱谦益深感失望，故不及半年即引疾南归。

③ 丁亥三月，捕宗伯亟：按，钱谦益忽然被急捕北行之事，钱谦益自言乃"余坐饮章急征"。实际可能是钱谦益与柳如是在清初行迹一直在清廷监控中，清廷怀疑钱谦益有谋反行为，以没有证据，只

好旋抓旋放。但也有可能是清廷对明朝投降贰臣的惯用手段，以对其形成心理威慑力。又，据钱文选《柳夫人事略》，钱谦益、柳如是在黄毓祺起兵抗清时曾出家产由柳如是携带犒军，后因舟师遭飓风全军覆没而作罢，但此事有所泄露，故清廷抓捕钱谦益。丁亥，顺治四年（1647）。

④君絜一囊，从刀头剑铓中，牧围馉饳（tuó）惟谨：指因事情突然，柳如是只拿了一个袋子随行，却在刀光剑影中，谨慎小心地照料狱中的钱谦益。剑铓，"剑芒"，剑锋。牧围，即"扞牧围"，随行护卫执役。馉，稠粥。饳，《说文解字》云："饳，囊也。"小而有底曰橐，大而无底曰囊。

⑤庚寅：顺治七年（1650）。

⑥知子之来之，杂佩以赠之；知子之顺之，杂佩以问之：语出《诗·郑风·鸡鸣》。这是一首表现夫妇和谐，感情诚挚深厚的诗。所引诗句又有表现妻子对丈夫顺从体贴的意思。

⑦癸卯：康熙二年（1663）。

⑧莲花服：袈裟。

⑨数亩诛锄稑穄田：诛锄，根除草木。稑穄，稻名。

⑩横陈嚼蜡君能晓：《楞严经》卷八："我无欲心，应汝行事，于横陈时，味同嚼蜡。"意谓柳如是能看破尘世间一切诱惑，无欲无虑。

⑪已过三冬枯木禅：《五灯会元》曰："昔有婆子供养一庵主，经二十年，当令一二八女子送饭给侍。一日，令女子抱定，曰：'正恁么时如何？'主曰：'枯木倚寒岩，三冬无暖气。'女子举似婆。婆曰：'我二十年只供养得个俗汉！'遂遣出，烧却庵。"此处指柳如是修习佛法已经超过了"三冬枯木禅"的境界，大彻大悟了。

⑫染衣：僧人穿着黑色染的缁衣，因以"染衣"指出家为僧。

⑬三眠柳：指柽柳（即人柳）的柔弱枝条在风中时时伏倒。《三辅故事》："汉苑中有柳状如人形，号曰人柳，一日三眠三起。"故柽柳又称三眠柳。

⑭钱曾（1629—1701）：字遵王，号也是翁，又号贯花道人、述古主人，虞山（今江苏常熟）人，清代藏书家、版本学家。父亲钱裔肃和族曾祖钱谦益都是藏书

家。他继承了其父的藏书，后来又得到
了钱谦益绛云楼焚余之书，使藏书聚至
四千一百余种，其中有很多宋元刻本和
精抄本，成为继钱谦益绛云楼和毛晋汲
古阁之后的江南藏书名家，其藏书室先
后命名为述古堂和也是园。

⑮甲辰：康熙三年（1664）。

【译文】

　　乙酉年（1645）五月，国家沦亡，河东
君劝钱先生殉国，钱先生表示不能。河东
君就奋身想要跳入池中自尽，被家人使
劲拉住了。河东君在池边奋身欲跳的情
形，正好长洲的沈明抡住在钱家，亲眼看
见了；河东君劝钱先生殉国这事，钱先生
曾讲给兵科给事中宝丰人王之晋听，王之
晋又告诉了我。这年秋天，钱先生北上进
京，河东君留在南京。钱先生不久就以病
回到家中。丁亥年（1647）三月，朝廷突然
抓捕钱先生，河东君就带了一个袋子，在
刀光剑影中，小心翼翼地到狱中给钱先生

袁枚题柳如是《梅骨水仙》镜心

送饭。后来，官司化解，钱先生和苏轼《御史台寄妻》韵，特地写诗赞美河东君，甚至说
"从行赴难有贤妻"，那时钱先生的夫人陈氏还健在。钱先生编选《列朝诗》时，河东
君为他勘定《闺秀》部分。庚寅年（1650）冬，绛云楼不慎失火，火势蔓及半野堂。先生

柳如是画迹

向来收藏的图书玩好基本给烧光了。钱先生辞职后，开始想念当日的门生故旧，但因为山川阻隔而不能，河东君则"知子之来之，杂佩以赠之；知子之顺之，杂佩以问之"，颇有《诗经·鸡鸣》篇温婉柔韧之风格。过了一段时间，河东君身体有些不舒服。她与钱先生有一个女儿，也婚嫁了。癸卯年（1663）秋，河东君剃发入道。钱先生一再赋诗写道："一剪金刀绣佛前，裹将红泪洒诸天。三条裁制莲花服，数亩诛锄稆稏田。朝日装铅眉正妩，高楼点黛额犹鲜。横陈嚼蜡君能晓，已过三冬枯木禅。""鹦鹉纱窗昼语长，又教双燕话雕梁。雨交沣浦何曾湿，风认巫山别有香。初著染衣身体涩，乍抛稠发顶门凉。萦烟飞絮三眠柳，飏尽春来未断肠。"第二年甲辰年（1664）五月二十四日，钱先生去世。同族后辈钱曾等向河东君索求钱财，群起要挟，河东君不堪逼迫，在六月二十八日自缢而死。钱先生之子钱孙爱以及女婿赵管为河东君鸣冤，乡里的士大夫也谋划为河东君置办丧事。钱先生的学生顾苓说："唉！从今以后钱先生当日说与王黄门的话，都真实有据了。"钱先生名叫谦益，字受之，学生们都称他牧斋先生，钱先生晚年自号东涧遗老。　甲辰年写于贞娘墓下。

柳如是这个人，越是靠近她、了解她，就越为她的言行举止感到惊讶。

这篇《河东君小传》的作者顾苓是钱谦益的学生，他写这篇东西就仿佛为师父、师母记一些轶事，恭谨是不必说了。饶是这般恭谨，柳如是不让须眉的奇女子气质还是相当鲜明。文中，柳如是自雇一叶扁舟，一派男子装扮的潇洒大方，同时又示以弓弯小脚的纤巧妩媚，口齿伶俐，态度大方，先就令平常失色。嫁与钱谦益之后，柳如是又能"俭梳靓妆"，镇日只与钱谦益焚香煮茗、考订古书、临摹古画、酬唱应和等等，再不是"女为悦己者容"的顺媚，倒是"士为知己者死"的快意了。1645年前后，明朝沦亡之际，柳如是屡劝钱谦益"宜取义全大节，以副盛名"，并要与钱谦益共赴清池以殉国。再后来，钱谦益受牵连身陷囹圄，柳如是匍匐随行，甚至要以身代受其罪；钱谦益死后，面对族人的沸嚣逼逐，柳如是是以死相待。顾苓说来说去，倒不是柳如是爱国气节怎样，而是她肆意要比过须眉男子的气质令人退步气怯。总之，他眼中笔下的柳如是是一个堪比须眉、赛过须眉的奇女子。

但顾苓也说柳如是因为"倜傥好奇，尤放诞"被周道登家赶出。什么是"倜傥好奇"？什么是"放诞"？近代著名大学者陈寅恪曾作《柳如是别传》三大册，并评价柳如是说："夫三户亡秦之志，《九章》、《哀郢》之辞，即发自当日之士大夫，犹应珍惜引申，以表彰我民族独立之精神、自由之思想，何况出于婉娈倚门之少女，绸缪鼓瑟之小妇，而又为当时迂腐者所深诋、后世轻薄者所厚诬之人哉！"陈先生认为柳如是所表现出来的爱国复仇的独立自由精神与思想哪怕是在精英士大夫身上都很罕见，所以柳如是才不仅生前深为当时迂腐者深诋，身后也被轻薄者所厚诬。的确！柳如是那种独立自由的言行举止确实让平庸迂腐者忍不住喙长三尺，议论不休。

当初，柳如是在周道登家，"为宠姬，年最稚。明慧无比，主人常抱置膝上，教以文艺，以是为群妾忌，独周母以其善于趋承，爱怜之。然性纵荡不羁，寻与周仆通，为群妾所觉，谮于主人，欲杀之，以周母故，得鬻为倡"（钱肇鳌《质直谈耳·柳如是轶事》）。

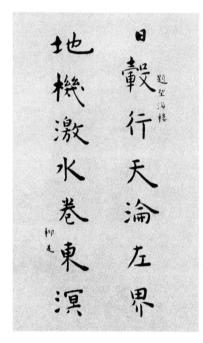

柳如是手书

又当初，柳如是未识宋辕文之前，柳如是约他"泊舟白龙潭"。宋辕文去早了，柳如是还未起床，叫人传话说："宋郎且勿登舟，郎果有情者，当跃入水俟之。"那宋辕文当即跳入水中。那时天气正冷，柳如是让船夫把宋辕文救起，"挟入床上，拥怀中煦妪之"。宋辕文的祖母对宋辕文被柳如是迷住之事非常震怒，"跪而责之。辕文曰：'渠不费儿财。'太夫人曰：'财亦何妨。渠不要汝财，正要汝命耳。'"后来，郡守介入宋、柳情事，要驱赶柳如是，柳如是叫宋辕文来商量，宋辕文说："姑避其锋。"那时，"案置古琴一张，倭刀一口"，柳如是听得宋辕文之言，"大怒曰：'他人为此言，无足怪。君不应尔。我与君自此绝矣！'持刀斫琴，七弦俱断。辕文骇愕出"（钱肇鳌《质直谈耳·柳如是轶事》）。

再当初，柳如是心仪几社才子陈子龙，遂儒服前往云间拜访，拜帖上署称"女弟"，陈颇为不悦，遂不见。柳如是竟自登门，骂陈子龙道："风尘中不辨物色，何足为天下名士！"陈子龙以此竟与柳如是相交成莫逆。近代大学者王国维不禁对此叹赏道："幅巾道服自传奇，兄弟相呼竟不疑。莫怪女儿太唐突，蓟门朝士几须眉？"（《题柳如是〈湖上草〉绝句》第三首）陈、柳相恋之际，曾有无数唱酬，而最令人惊叹的是柳如是写给陈子龙的《男洛神赋》。文章写道："虽藻纨之可思，竟隆杰而飞文。骋孝绰之早辩，服阳夏之妍声"；"启奋迅之逸姿，信婉嘉之特立"；"纵鸿削而难加，纷琬琰其无睹"；竟以女子的眼光来欣赏男子的才情、风度与容颜，并由衷地表达自己的倾慕、欣赏与爱恋："协玄响于湘娥，匹匏瓜于织女"；"微扬蛾之为眚，案长眉之眹色"。陈寅恪于此也不免笑道："河东君出此戏言之后，历三百年，迄于今日，戏剧电影中乃有'雪北香南'

之'男洛神'，亦可谓预言竟验者矣。呵呵！"那也就是民国时候风气！陈子龙曾编辑《皇明经世文编》，也让柳如是参与评点，此种男人热衷之事，柳如是竟兴奋莫名。与陈子龙相恋之际，柳如是常常参与几社的国事论坛，总是慷慨淋漓，甚至发议论说："中原鼎沸，正需大英雄出而戡乱御侮，应如谢东山运筹却敌，不可如陶靖节亮节高风。如我身为男子，必当救亡图存，以身报国！"（钱文选《柳夫人事略》）可惜，陈子龙家中已有一妻三妾，妻子又甚为悍厉，陈、柳最终分手。

　　据说，柳如是作为"游妓"闲游云间之际，与宋辕文、李存我、陈卧子（陈子龙）三人交游最密。有个徐某，买通鸨儿得见柳如是。"一见即致语云：'久慕芳姿，幸得一见。'如之不觉失笑。又云：'一笑倾城。'如之乃大笑。又云：'再笑倾国。'如之怒而入。呼鸨母，问：'得金多少？乃令此奇俗人见我。'知金已用尽，乃剪发一缕，付之云：'以此偿金可也。'"这徐某乃冢宰之后，痴心不已，继续砸钱要见柳如是，柳如是遂以其钱资"供三君子游赏之费"，一连好几个月，连那三个书生都不好意思了，劝柳如是"稍假颜色，偿凤愿"。过了一段时间，柳如是约徐某除夕之日来，徐某竟然来了。柳如是说道："吾约君除夕，意谓君不至。君果来，诚有情人也。但节夜人家骨肉相聚，而君反宿娼家，无乃不近情乎？"就派人掌灯把徐某送回去了。一直到上元时候，柳如是才与徐某稍假颜色，劝徐某说："君不读书，少文气。吾与诸名士游，君厕其间，殊不雅。曷不事戎武？别作一家人物，差可款接耳。"徐某竟非常认可柳如是的话，从此闲习弓马（钱肇鳌《质直谈耳·柳如是轶事》）。

　　钱谦益娶得柳如是后，既宝爱异常又宠悍过分。在柳如是的鼓动下，立场一再反复，投降后又参与和支持反清复明组织。顺治五年（1648），钱谦益终因学生的抗清活动被牵连坐牢。此时，钱谦益的结发妻子及其子女皆噤声自保，柳如是不仅挺身而出愿意代

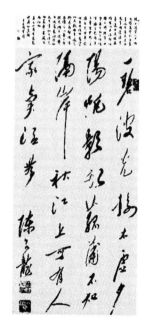

陈子龙手书

夫受罪，且四处奔走，上下打点，终于救出钱谦益。钱谦益出狱后感慨道："恸哭临江无孝子，从行赴难有贤妻。"（《和东坡御史台寄弟诗》）钱谦益的结发妻子还没死呢，竟这样说！

又说钱谦益八十寿辰之际，柳如是"特令童探枝得红豆一颗以贺寿"，令钱谦益感动莫名。有轶闻载记说，柳如是在后园划地成寿字形，以菜子播种其间，旁栽以麦。暮春时候，菜子开花，钱谦益登楼见到金色"寿"字扑面而来，竟狂喜得"几坠楼而颠"。

时人说，那个对柳如是非常痴迷的徐某，真成了武士，最后竟死在军中。"其情痴卒为如是葬送，亦可悯也"（钱肇鳌《质直谈耳·柳如是轶事》），真的很可哀悯！后人说，宋辕文错过柳如是之后，其诗文中充满追悔之意。他在明朝为白衣，在清朝却官至太常卿，曾肆意诋毁钱谦益。陈寅恪说："河东君与宋辕文之关系，其初情感最为密好，终乃破裂不可挽回。宋氏怀其悔恨之心，转而集矢于牧斋。论其致此之由，不过褊狭妒忌之意耳。"三十年过去，还存褊狭妒忌，宋辕文于柳如是之情还真是难得了。

柳如是，本姓杨，名爱，后来改姓柳，名隐。说唐人韩翃有诗云："章台柳，章台柳，昔日青青今在否？纵使长条似旧垂，也应攀折他人手。"柳如是既叹自己身在青楼，如章台柳一般任人攀折；又不甘为章台柳，特改姓柳，以反其意而用之。柳如是后来改名是，字如是。所以这样改，一说，柳如是见辛弃疾句子"我见青山多妩媚，料青山见我应如是"，就改名为如是；一说，《佛经》常云"如是我闻"，遂取字如是，号我闻居士。无论哪种改法、哪种说法，都可见出柳如是傲诞异于常人。

纷说至此，必须承认，无论谁靠近柳如是，都只能变成为柳如是传奇的叙述者，陈寅恪、王国维那样的大学者尚不能豁免，何况我等！

曾经，复旦大学中文系的一次小组学术例会上，朱东润说，陈寅恪学问是不错，可惜晚年竟去为一个妓女做传（指陈寅恪的《柳如是别传》），话音刚落，在座的蒋天枢竟拂袖而去。蒋天枢是陈寅恪的学生，此后，朱、蒋竟然有些生分了。固然，蒋先生不能容忍别人对他尊敬的先生的学问非议，而朱东润也确实存了是非彼我之心。古往今来，方巾道学家不少，不让须眉的奇女子却的的少见，柳如是算是那少见的几个奇女子中的翘楚了。

柳如是走进了历史，她留给后人的是无尽的想象与沉思。

祭钱牧斋先生文

【清】归庄①

　　呜呼，古之所谓不朽，立德、立言与立功②，故有宋一代之士，欧苏之文章，遂与程朱之理学、韩范之勋猷并美而比隆③。百余年来，文章之道，径路歧而芜秽业，自先生起而顿辟康庄，一扫蒙茸，知与不知，皆曰先生今日之欧苏两文忠。

【注释】

①归庄（1613—1673）：庄一名祚明，字尔礼，又字玄恭，号恒轩，又自号归藏、来乎、悬弓、园公、鏖鏖钜山人、逸群公子等，江苏昆山人。归有光的曾孙，清初文学家。十七岁时与顾炎武一同参加复社。清兵南下，参加抗清斗争，失败后，一度亡命为僧，称"普明头陀"。卖书画为生，不仕清。佯狂愤世，游名山大川，凭吊今古，常大哭，与顾炎武有"归奇顾怪"之称。所著《恒轩诗集》、文集《悬弓集》、《恒轩文集》，皆亡佚。后人辑有《玄恭文钞》、《归玄恭文续钞》、《归玄恭遗著》等。

②古之所谓不朽，立德、立言与立功：《左传·襄公二十四年》鲁国大夫叔孙豹称"立德"、"立功"、"立言"为"三不朽"。立德，即树立高尚的道德；立功，即为国为民建立功绩；立言，即提出具有真知灼见的言论。

③韩范之勋猷（yóu）：指宋仁宗时，韩琦、范仲淹抗御西夏的功绩。韩琦、范仲淹二人屯驻泾州（今甘肃泾川），同心协力，互相声援，共守西陲。由于两人守边疆时间最长，又名重一时，人心归服，朝廷倚为长城，故天下人称为"韩、范"。边塞上传诵这样的歌谣："军中有一韩，西夏闻之心骨寒。军中有一范，西夏闻之惊破胆。"韩，韩琦（1008—

1075），字稚圭，自号赣叟，相州安阳（今属河南）人，北宋政治家、名将。"相三朝，立二帝"，当政十年，与富弼齐名，号称贤相。欧阳修称其"临大事，决大议，垂绅正笏，不动声色，措天下于泰山之安，可谓社稷之臣"。范，范仲淹（989—1052），字希文，苏州吴县（今江苏苏州市）人。北宋著名政治家、文学家。卒赠兵部尚书，谥文正。勋猷，功业，功绩。

【译文】

　　唉，古人所谓的三不朽是立德、立言与立功，所以宋代文人中，欧阳修、苏轼的文章就能与程朱的理学，韩琦、范仲淹的功业并驾齐驱、并美比隆。这一百多年来，作文之道，越来越陷入旁门左道、逼仄狭隘的境地，直到钱先生出现，才为文章开出一条康庄大道，一下子扫除那些晦涩朦胧的东西，天下无论是了解还是不了解，都承认钱先生堪比当今的欧阳修、苏轼。

　　先生之文，光华如日月，汗浩如江海，巍峨如华嵩。至其称物而施，各副其意，变化出没，不可端倪，又如生物之化工。残膏剩馥，霑溉后学①，使空空者果腹，伥伥者发蒙②。文章之有先生，信八音之琴瑟笙镛，而五采之山龙华蟲③。先生于一代首推先太仆公④，太仆之文，初为同时盛名者所压而不大

钱谦益澄泥砚

显，先生极力表章，忽然云雾廓清，白日当空。小子某，始也昧昧，及门之后，熏炙陶镕，始知家学之当守，而痛惩夫妄庸。二十余年，谈经问字，庶几侯芭之与扬雄⑤。呜呼！而今哲人萎矣，谁复为我指其迷而启其蒙。

【注释】

①残膏剩馥，霑溉后学：比喻前人留下的文学遗产，能给后人以教诲。《新唐书·杜甫传赞》云："唐诗人杜甫，浑涵汪茫，千汇万状，兼古今而有之。他人不足，甫乃厌余，残膏剩馥，沾丐后人多矣。"

②伥伥（chāng）：无所适从的样子。《荀子·修身》："人无法则伥伥然。"杨倞注："伥伥，无所适貌，言不知所措履。"

③文章之有先生，信八音之琴瑟笙镛，而五采之山龙华蟲（tóng）：镛，大钟。蟲，蟲蟲，热气蒸人貌。《诗·大雅·云汉》："旱既大甚，蕴隆蟲蟲。"

④先太仆公：指归庄的曾祖父归有光。

⑤侯芭之与扬雄：指自己追随钱谦益就像侯芭追随扬雄一样生死不渝。侯芭，又名侯辅，西汉巨鹿人，扬雄的弟子，跟随扬雄学习《太玄》、《法言》。史载，扬雄以病免，复召为大夫。家素贫，嗜酒，人希至其门。时有好事者载酒肴从游学，而巨鹿侯芭常从雄居，受其《太玄》、《法言》焉。刘歆亦尝观之，谓雄曰："空自苦！今学者有禄利，然向不能明《易》，又如《玄》何？吾恐后人用覆酱瓿也。"雄笑而不应。年七十一，天凤五年卒，侯芭为起坟，丧之三年。

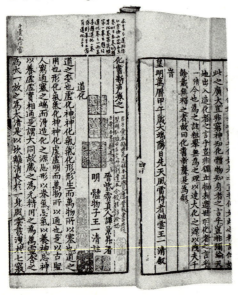

绛云楼善本书书影

【译文】

钱先生的文章，像日月一样光彩华美，像江海一样浩瀚博大、像华山嵩山一样巍峨高大。他的文章总是能随物之形、按物之性来书写，变化出没，无法揣测琢磨，但又无不具有化工之妙。先生的才华学问哪怕是残膏剩馥，也足以滋养润泽后学，使肚里空空者学有所得，头脑懵懂者茅塞顿开。自从钱先生出现，文章创作才开始有了生气与活力。钱先生对于一代作家首推我的先祖归太仆。我先祖的文章，开始被同时期那些享有盛名的人们所压制而不大有影响，由于钱先生的极力推崇和表彰，一下子云开雾散，如当空太阳一样，光彩夺目。我开始也是个懵懂之人，自从做了先生的学生之后，受了先生的熏陶与教诲，才知道应该恪守家学，也才深切懊悔自己以往的狂妄平庸。二十多年来，我一直跟着先生谈论经书学问，就像侯芭跟随扬雄一样。现在先生走了，还有谁能为我指点迷津呢！

先生通籍五十余年①，而立朝无几时，信蛾眉之见嫉，亦时会之不逢。抱济世之略，而纤毫不得展；怀无涯之志，而不能一日快其心胸。某性迂才拙，心壮头童②。先生喜其同志，每商略慷慨，谈宴从容。剖肠如雪，吐气成虹。感时追往，忽复泪下淋浪，发竖蓬松。窥先生之意，亦悔中道之委蛇，思欲以晚盖③，何天之待先生之酷，竟使之赍志以终④。人谁不死，先生既享耄耋矣⑤，呜呼，我独悲其遇之穷。

【注释】

① 通籍：做官。"籍"是二尺长的竹片，上写姓名、年龄、身份等，挂在官门外，以备出入时查对。因此后来便称做官为"通籍"。

② 头童：头发掉光。

③ 悔中道之委蛇，思欲以晚盖：指钱谦益懊悔自己当初降清，希望能通过后来的反清行为来掩盖自己的错误。

钱谦益人物画

④赍（jī）志以终：江淹《恨赋》："赍志没地。"赍，怀着。

⑤耄耋（mào dié）：耄，八十、九十岁，《礼记·曲礼》："八十、九十曰耄。"耋，六十至八十岁高龄，亦泛指年老，《诗·秦风·车辖》："逝者其耋。"

【译文】

先生做官五十多年，而实际在朝时间却极短，先生的经历使人真的相信有才能者总被嫉妒，际遇机会果然会有碰不上的时候。先生怀抱救世的才华，却没有得到丝毫的展露；有着极高的志向，却不能一日大快心意。我一向性情愚钝，才能笨拙，虽然心头火热却已然年衰力弱。但先生却觉得我与他志气相投，所以每每和我慷慨商略，从容交流。将心里的话全都交付于我，内心的情绪全都展现在我面前。思想往昔感叹今朝，忽然间悲愤的泪水喷涌而出，而心中慷慨之情勃发，头发仿佛都要冲破束缚竖起来似的。我猜先生的想法，也是深深懊悔自己当初的降清行为，希望通过后来的反清活动掩盖自己一时的错误，可为什么上天待先生这么残酷，竟让先生最终含恨而死！人谁不死，先生也活了八十多的高寿，唉，我只是为先生的遭遇那么困顿而悲哀感慨。

先生素不喜道学，故居家多恣意。不满于舆论，而尤取怨于同宗。小子之初拜夫灵筵也①，颇闻将废匍匐之谊，而有意于兴戎②。哀孝子之在疚，方丧事之纵纵③，虽报施之常④，人情所同。顾大不伐丧，《春秋》之义⑤；虐茕独者，箕子所恫⑥！闻其人固高明之士⑦，必能怵于名义而涣然冰释⑧，逝者亦可自慰于幽宫。虞山崔崔⑨，尚湖飒飒⑩，去先生之恒干⑪，飙风举于云中。哀文章之沦丧，孰能继其高踪？悲小子之失师，将遂底于愔愔⑫！自先生之遘疾，冬春再挂夫孤蓬。入夏而苦贱患，就医于练水之东。尝驰问疾之使，报以吉而无凶。方和高咏以自慰，岂谓遂符两楹之梦⑬，忽崩千丈之松。呜呼！手足不及启⑭，含敛不及视⑮，小子抱痛于无穷！跪陈词而荐酒，不知涕之何从。尚飨⑯！

【注释】

① 灵筵：供亡灵的几筵。《梁文纪·终制》："不须常施灵筵，可止设香灯，使致哀者有凭耳。"

② 颇闻将废匍匐之谊，而有意于兴戎：指钱氏族人逼索财产事。匍匐之谊，指手足之谊。《诗·大雅·生民》："诞实匍匐，克岐克嶷，以就口食。"朱熹注："匍匐，手足并行也。"

③ 哀孝子之在疚，方丧事之纵纵：在疚，居丧的代称。《文选·寡妇赋》："自仲秋而在疚兮，逾履霜以践冰。"李周翰注："在疚，居丧也。"纵纵，急遽的样子。《礼记·檀弓上》："丧事欲其纵纵尔，吉事欲其折折尔。"纵纵，郑玄注："趋

事貌。纵读如摠领之摠。"陆德明释文："纵，依注音摠，急遽貌。"

④ 报施：报应。

⑤ 顾大不伐丧，《春秋》之义：此句意指古礼讲义不伐丧，所谓"闻丧即还"。《周礼注疏删翼》曰："襄公十九年秋，晋士匄帅师侵齐，至谷，闻齐侯卒，乃还。《公羊传》曰：'还者何？善辞也。何善尔？大其不伐丧也。'"

⑥ 虐茕独者，箕子所恫：意思是说欺负孤寡是箕子痛惜、伤心的。这是对钱曾带领族人在钱谦益丧事之际闹抢财产事进行批评。箕子，是帝文丁的儿子，帝乙的弟弟，纣王的叔父，官太师，封于箕（今

山西太谷，榆社一带），名胥余，商、周之际，因其道之不得行，其志之不得遂，"违衰殷之运，走之朝鲜"，建立东方君子国。恫，悲痛，伤心。

⑦其人：指钱曾。

⑧怵（chù）：恐惧，担心。涣然冰释：形容疑虑、误会、隔阂等完全消除。涣然，流散的样子。

⑨崔崔：高峻貌，高峻貌。《诗·齐风·南山》："南山崔崔，雄狐绥绥。"毛传："崔崔，高大也。"

⑩尚湖：北依十里虞山，东邻古城常熟，因殷末姜尚避纣王暴政，隐居于此垂钓而得名。飒飒：象声词。《楚辞·九歌·山鬼》："风飒飒兮木萧萧，思公子兮徒离忧。"

⑪恒干：指躯体。《楚辞·招魂》："魂兮归来，去君之恒干，何为乎四方些。"王逸注："恒，常也；干，体也。"

⑫遂底：最终。

⑬两楹之梦：典出《礼记·檀弓上》。言孔子梦见自己坐在两楹之间而见馈食，知道自己不久人世，寝疾七日而没，因以"两楹梦"借指死亡。

⑭手足不及启：指自己不能在先生临终前服弟子之劳。《论语·泰伯》："曾子有疾，召门弟子曰：'启予足，启予手。'"

⑮含敛：古代丧礼，纳珠玉米贝等于死者口中，并易衣衾，然后放入棺中，叫"含殓"。

⑯尚飨：旧时用作祭文的结语，表示希望死者来享用祭品的意思。《仪礼·士虞礼》："卒辞曰：哀子某，来日某隮祔尔于尔皇祖某甫。尚飨！"

【译文】

　　先生这个人向来不喜欢道学，所以在家的时候总是比较任情纵意。这使他既被舆论所批评更被同宗的人所怨怼。我当初刚来祭吊先生的时候，就听说先生族人不讲手足情谊正闹家乱。我感到悲哀的是，孝子正在居丧之际，丧事正在紧急办理之时，即便是人情常态讲个报应，但古礼还说打仗都不趁人居丧之时，而且欺负孤寡，是君子所痛惜的呀。我听说那个人本来也是读书高明之士，他一定会因为害怕有违名节道义而让误会涣然冰释吧，那样死者也能安息于地下。虞山崔崔，尚湖飒飒，先生抛弃俗世躯体，魂灵正飙风般地飘扬于高空。我悲哀着文章事业的沦丧，还有谁能继续钱先生的踪迹？我伤感着我自己失去良师，我将从此陷入惝怳。自从先生生病，我在冬春之际两次坐船只身前往探视，但入夏以来我因生病在练水东就医。曾让人问先生病情，称说身体尚好无恙。我正作和诗深感安慰，哪料竟然得知先生逝世之讯，恍惚千丈之松轰然倒下。天啊，我不能在先生临终前服弟子之劳，也没能赶上先生下葬之时，只能抱憾无穷！现在我在先生灵前祭吊陈词，泪水不知为何潸然而下。愿先生安息！

一直有些疑惑，钱谦益的名声怎么会那般狼藉？看过乾隆的几道诏书后，明白了。乾隆三十四年（1769）六月下了一道诏书说：

> 钱谦益本一有才无行之人，在前明时身跻贵仕。及本朝定鼎之初，率先投顺，溷厕列卿，大节有亏，实不足齿于人类。……今阅其所著《初学集》、《有学集》，荒诞悖谬，其中诋谤本朝之处，不一而足，夫钱谦益果终为明朝守死不变，即以笔墨腾谤，尚在情理之中；而伊既为本朝臣仆，岂得复以从前狂吠之语，列入集中，其意不过欲借以掩其失节之羞，尤为可卑可耻！钱谦益业已身死骨朽，姑免追究。但此等书籍，悖理犯义，岂可听其留传，必当早为销毁，其令各督抚将《初学集》、《有学集》于所属书肆及藏书之家，谕令缴出，至于村

归庄手迹

塾乡愚，僻处山陬荒谷，并广为晓谕，定限二年之内尽行缴出，无使稍有存留。钱谦益籍隶江南，其书版必当尚存，且别省有翻刻印售者，俱令将全版一并送京，勿令遗留片简。"
（《清史列传》卷七九）

乾隆的意思是说，钱谦益是个有才无德人。他在明朝时已做了高官，我朝立国之初，他又率先投降，做到列卿的位置，本来就大节有污，让人不齿。他竟然还在他的《初学集》、《有学集》里胡说八道，污蔑本朝。如果他最终是为明朝守节不变，哪怕他的文字再怎么诋毁，那也在情理之中，可他已经做了本朝的臣民，怎么可以又把从前的毁谤话语放到集子里去呢！他这样做的意思无非就是想借以掩饰自己失节的羞耻，这更加可鄙可耻。现在钱谦益已经死了，就不追究了，但他那些书悖理犯义，哪能听任它们到处流传！一定要趁早销毁！

乾隆在四十一年（1776）又下诏说："钱谦益反侧卑鄙，应入国史《贰臣传》，尤宜据事直书，以示传信。"四十三年（1778）再诏谕说："钱谦益素行不端，及明祚既移，率先归命，乃敢于诗文阴行诋毁，是为进退无据，非复人类，若与洪承畴同列《贰臣传》，不示差等，又何以昭彰瘅恶？钱谦益应列入乙编，俾斧钺凛然，合于《春秋》之义焉。"按乾隆四十一年诏书意思，还只是说，钱谦益的反复卑鄙行径，应该在史书的《贰臣传》中大书特写，以便让人知道；到了四十三年的诏书，乾隆的口风却更严了，说钱谦益这人一贯行为不端，明朝亡时就已经率先投降本朝了，还敢在诗文中暗自诋毁本朝，实在是个进退没有原则的败类，如果把他放在《贰臣传》中与洪承畴同列，没有区别，还不能看出他的败行劣迹，应该把他放在《贰臣传》中的差一等，以便史书"一字之贬，严于斧钺"的特征得到彰显，后世千秋也更可知道钱谦益行径的恶劣。

这等诛心之论，且不必说出自皇帝诏谕，哪怕是个普通士人发出，也让人恐怖寒心啊，而且还不容许你辩白，把你的一切文字载记都销毁，还让史家在史书里上纲上线地痛诋，这任谁也得百口莫辩、万劫难复！

不过，也一直有些奇怪，钱谦益为什么一生那么反复多变呢？知道他的经历后，有些理解了。

钱谦益少年英俊，与东林党人走得颇近。二十九岁进京应试，以东林党叶向高的关系，连司礼监都向钱谦益示意他中状元了。不料，榜下，状元是韩敬，钱谦益是探花。这件事的内幕是：状元韩敬曾受业于汤宾尹。会试的时候，韩敬的试卷被其他主考官淘汰，汤宾尹却越房搜得，并勉强总裁侍郎录韩敬为第一。于是其他考官也纷纷仿效汤宾尹越房互换闱卷，一共取中十八人。榜发之后，士论哗然。这年是万历庚戌年（1610），史称庚戌科场案，乃万历间诸党纷争之重大事件。

钱谦益刚中进士，正好父亲去世，回去居丧，结果服丧期过了，也不给他补官，这一延捱，就是十一年。到钱谦益四十岁时终于还朝补官，被任命浙江乡试主考官。不料所录举人钱千秋试卷有七篇涉嫌漏题，发榜之后被人攻讦，钱谦益只好自我检举，被以失察罪罚俸三月，钱千秋被谪戍。这是当年议论一时的"浙闱事件"。之后，钱谦益以太子谕德兼翰林院编修充任经筵日讲官，历詹事府少詹事，撰修《神宗实录》，后来还兼侍读学士。就在这时，钱谦益被王韶徽《东林党人录》封为"天巧星浪子"，且因屡罢屡起，清望日高而被封为党魁。天启皇帝为阉党魏忠贤所左右，于是钱谦益四十四岁这年被削籍南归。好容易，钱

钱谦益手书扇面

谦益四十七岁那年，崇祯皇帝灭掉阉党，终于还朝，转任礼部右侍郎兼翰林院侍读学士，协理詹事府事，甚至被推选为宰相候选人。岂料，当年的"浙闱事件"被温体仁和周延儒两个作为借口攻击钱谦益结党受贿。崇祯最恨朝中大臣结党，闻"党"色变，于是钱谦益不仅没能做上宰相，而且还被勒令"回籍听勘"，终明之世再没被起用。1644年，钱谦益以谄事马士英，起用为南都礼部尚书。1645年，南明朝廷灭亡，钱谦益与阮大铖等率先降清。1646年，钱谦益被清朝仍授以礼部右侍郎原官，管内翰林院秘书院士事，以后充《明史》馆副总裁，不及半年钱谦益引疾南归。之后，一边著述怀念故国，一边秘密参加抗清活动。

　　就仕途而言，钱谦益实在是太挫折了。从他于万历三十八年（1610）中进士，直到崇祯十七年（1644）明亡，三十五年间，他几起几落，旋进旋退，实际立朝不及五载。偏偏钱谦益这个人功名心重，明知"嗜酒与贪官，皆可令人死"，依旧"肠烂饮不休，漏尽宦不止"，务必要"钻天蓦地到公卿"（《反东坡洗儿诗己巳九月九日》），最终他不顾名节谄事阮大铖，率先降清，一旦发现降清所获得的官职远非所求，又立即后悔，一再反清，试图掩盖自己的一时错误，难怪乾隆皇帝那般痛恨他，唉！钱泳说："虞山钱受翁，才名满天下，而所欠惟一死，遂至骂名千载。"（《履园丛话》）真的是！

归庄画迹

归庄是钱谦益的学生，而且深受钱谦益教诲之恩，对钱谦益的人生充满同情与理解，曾在钱谦益死后，两次到钱氏坟前哭祭。这篇《祭钱牧斋先生文》，既高度赞扬钱谦益的文学影响与成就，又深刻同情钱谦益的仕途坎坷与蹉跎。对于钱谦益的反清复明行为，归庄也认为，钱谦益的确是"悔中道之委蛇,思欲以晚盖",乾隆倒也没有诬赖钱谦益。只可惜清朝终究未被颠覆,钱谦益复明愿望全成泡影,归庄感概道:"何天之待先生之酷,竟使之赍志以终。"真是知己之语,钱谦益地下有知,恐怕也要跳起来与归庄握手掬泪。

明清易代,归庄切身体验了国破家亡的感受。明亡那年,清兵南下。归庄二哥归尔德入扬州史可法军,扬州城破,死于军中。堂兄归尔复守长兴县,城破殉职。1645年昆山下薙发令,归庄鼓动市民杀死县令阎茂才。昆山城破,归庄几个嫂子死去。之后,归庄的父亲归昌世在忧惧中去世、二儿子夭折。这一年,归庄的众多好友如黄淳耀等也相继殉难。家人只剩下一妻一男一女一奴,归庄将妻子送回娘家,女儿寄养在同族人家里,辞别家奴,开始僧装亡命,号普明头陀,过着"茫茫无处所,飘笠且随缘"(《别故庐诗》)的生活。

归庄是个至情至性之人。游历名山大川,凭吊今古之际,常常大哭,时人将他与顾炎武并称"归奇顾怪"。归庄嗜酒,"一日不饮,口燥唇干;二日不饮,舌本强,喉棘;三日不饮,五官不灵,肌肉死,腑脏龟坼;四日五日以往,便当以所荷之锸埋余陶家之侧矣"(归庄《募米汁文》)。归庄爱花,为了赏花,"僻远之地无不至,有初至不得入者,辄再三往,必得观而后已"(归庄《看牡丹诗自序》)。读归庄的看花诗,诸如"江南春老叹红稀,树底残英高下飞";"燕蹴莺衔何太急,溷多茵少竟安归";"静掩蓬门独惆怅,从他江草自菲菲"等句,将故国沦亡之思寄托于赏花、惜花之意,真的是晶莹剔透,深情了悟。

以归庄的遭遇,他尚且能惋惜钱谦益,别人就没有资格鄙夷了;以归庄的性情,他都为钱谦益洒泪,别人也就可以禁声了。

附录:

落花诗序   (清)归庄

落花之咏,昔称二宋,至成、弘之际,沈石田先生有《落花诗》三十首,同时吕太常、文待诏、徐迪功、唐解元皆有和作,率以十计;其后申相国、林山人辈唱和动数十篇,亦已穷态极致，竞美争奇，后有作者，殆难措手。然诸公皆生盛时，推激风雅，鼓吹休明，落花虽复衰残之景，题咏多作秾丽之辞，即有感叹，不过风尘之况，憔悴之色而已。我生不辰，遭值多故，客非荆土，常动华实蔽野之思；身在江南，仍有大树飘零之感。以至风木痛绝，华萼悲深，阶下芝兰，亦无遗种。一片初飞，有时溅泪；千林如扫，无限伤怀！是以摹写风情，刻画容态，前人诣极，嗣响为难；至于情感所寄，亦非诸公所有。无心学步，敢曰齐驱；借景抒情，情尽则止。得十二章，用贻同志。

慈 仁 寺

【清】王士禛①

　　胡氏《经籍会通》云②："燕中书肆，多在大明门之右及礼部门外拱辰门西③。花朝后三日，则移于灯市④。每朔望并下浣五日⑤，则徙于城隍庙中。灯市岁三日，庙市月三日⑥。"今京师书肆，皆在正阳门外西河沿，余惟琉璃厂间有之，而不多见。灯市初在灵佑宫，稍列书摊。自回禄后⑦，移于正阳门。大街之南，则无书矣。每月朔望及下浣五日，百货集慈仁寺，书摊止五六。往间有秘本，二十年来绝无之。余庚申冬过之，有《两汉纪》初印本最精，又《三礼经传通解》，亦旧刻，议价未就。旬日市期早过之，二书已为人购去，懊恨累日，至废寝食。壬午夏，见旧版《雍录》雕刻极工⑧。重过之，已为人购去矣。癸未夏，得《陈子昂文集》十卷，犹是故物。然如优钵罗花⑨，偶一见耳。

【注释】

① 王士禛（1634—1711）：士禛死后，因避讳雍正（胤禛），被改名士正、士祯。字子真，又字贻上，号阮亭，又自号渔洋山人，山东新城人。顺治十五（1658）年进士，选扬州府推官。康熙三年（1664）入为礼部主事，官至刑部尚书。少时以诗闻名，论诗创"神韵说"。其文以诗序、传志、题跋为多。卒谥文简。一生著述达五百余种，诗四千余首，主要有《渔洋山人精华录》、《蚕尾集》、《池北偶谈》、《香祖笔记》、《居易录》、《渔洋文略》、《渔洋诗话》、《带经堂集》、《感旧集》、《五代诗话》。等。另辑有《古诗选》、《唐贤三昧集》、《十种唐诗选》、《二家诗选》、《唐人万首绝句选》等。王士禛还自编有《渔洋山人自撰年谱》。

②胡氏：指胡应麟（1551—1602），应麟字元瑞，又字明瑞，尝自号少室山人，浙江兰溪人，明代中后期文献学家。《经籍会通》：共四卷，从古代图籍的源流、类例、遗轶、见闻四方面，阐述古籍聚散存亡、古代目录书分类的演变发展、古逸书的钩沉辨伪、书册制度的演变以及明代各地刻书的优劣比较，对古籍目录及版本研讨，颇具启发和借鉴作用。

③大明门：明清时代，天安门"T"形广场皇城最南端的大门，其门址就在今毛主席纪念堂的位置。该门于明代时叫大明门。拱辰门：位于今北京西城区东西太平街与闹事口南街相交十字路口偏南。是明朝京城的北门。

④灯市：唐代始，正月十五夜张灯，至宋代臻于极盛。自腊月末至正月初，民间已有各种奇巧灯彩应市，称为"灯市"。

⑤下浣：唐代定制，官吏十天一次休息、沐浴，每月分为上浣、中浣、下浣，后来借做上旬、中旬、下旬的别称。

⑥庙市：即庙会，又称"节场"。是指在寺庙附近聚会，进行祭神、娱乐和购物等活动。

⑦回禄：相传为火神之名，引申指火灾。《左传·昭公十八年》："郊人助祝史除于国北，禳火于玄冥、回禄。"杜预注："回禄，火神。"

⑧《雍录》：宋人程大昌撰，共十卷，是关于周、秦、汉、隋、唐五朝都城丰、镐、咸阳、长安的专著。

⑨优钵罗花：古印度梵语中的雪莲花。

【译文】

　　胡应麟的《经籍会通》说："京城的书市，多设在大明门右边以及礼部门外拱辰门的西边。每年花朝节之后的第三天，就移到灯市。每月月初、月中以及下旬的五天，就迁到城隍庙中。灯市节的书市每年三天，庙市的书市每月三天。"现在京城的书市，都在正阳门外西河沿一带，其他的就琉璃厂偶尔有，不太多见了。灯市节初在灵佑宫也稍稍摆些书摊。火灾之后，就移到正阳门了。大街的南边就没有书市了。每月的月初、月中以及下旬的五天，所有的货摊都集中到慈仁寺，书摊只有五六个。过去还偶尔有秘本，这二十年来再都没有出现过。康熙十九年（1680）冬，我去慈仁寺，看到《两汉纪》的初印本最为精美，还有《三礼经传通解》，也是旧刻本，只因为价钱没谈拢，所以没买。到了旬日书市时间，我早早地去了那里，但那两本书已经被人买走了，我懊恨了好些天，甚至于废寝忘食。康熙四十一年（1702）夏天，我在慈仁寺见到了旧版的《雍录》，刻印非常精美。等我再去那里，也已经被人买走了。康熙四十二年（1703）夏，我得到了十卷本的《陈子昂文集》，好像是旧时相识之物。这些旧书，仿佛传说中的雪莲花，也只能偶一见之啊。

　　对于大多数读书人来说，到书市去淘宝的乐趣实在是太妙了！那与书贾斗智斗勇的偷乐、淘得适意之书的快爽、觅到旧寐之籍的狂喜，以及与好书擦肩的失落、对欲购却不能购的好书的叹惋，还有那与同道交流购书之乐的适意，甚至只是在书市闲转，品品他人购书模样的惬意，都令人心里满满的舒服。难怪古往今来，买书的趣闻轶事不胜枚举，那种爱书爱到心底里，又满得忍不住要拿出来与人分享的感觉，真的是欲罢不能。不是说藏书购书就没有布帛菽粟世界的锱铢纷争，但因为事关斯文，那种世俗烟火气就给淘滤得丝丝缕缕，倒令人生出别样的温馨与惬意。此中之乐，适为人道，又不足为外人道也。

　　王士禛出身官宦，年少得志，位至刑部尚书，为人谦谨温和，少有惕厉，所以人们首先很难从他的言谈举止中琢磨出他

王士禛手书

的真意思。而且王士禛又是清初"神韵派"的宗主，提倡写诗为文务必要"佇兴而就"又悠然藏迹，言有尽而意无穷，他的创作理论就是让人将自己的真性情，蜿蜒曲折、温婉蕴藉地表达出来，所以从他的诗文唱酬也不容易看出他的内心世界。唯独于藏书、购书不然，王士禛显出了极大的热情与执著，大概一个人无论怎样铜墙铁壁，总是要有些缝隙来抒泄自己的真性情吧。

　　王士禛这个人酷好读书，他的学生说他"先生以秀伟特出之才，经传史记百家，巨细穿穴，其词所从出，莫之纪极，而皆本于意所独运，故未尝一袭李、杜、韩、柳之所已言，以之追配乎李、杜、韩、柳而无不足"（清·张云章《新城王先生文稿序》），此话应该不虚，这可以从王士禛热衷购书藏书之事得到印证。

　　这篇《慈仁寺》表面看去似乎没什么细节可以玩味，但细细一琢磨，就知道作者在文字背后所隐藏的那份了然与自得是怎样的恣纵和快意。试想，京城何许之大，王士禛作为

王士禛放鹇图　图中题诗曰："五柳先生本在山，偶然为客落人间。秋来见月多归思，自起开笼放白鹇。"

文坛宗主以及政府高官，却对京城的书市时间、地点以及书市大致出书情况如此了如指掌，得费去多少时间光阴精力去琢磨打点呢？王士禛在其《古夫于亭杂录》中记载一则趣事说，他在京城的时候，曾有个书生多次去找他都没找到，就去跟徐乾学抱怨此事，徐乾学指点说："这很容易，你只要在每月十五日到慈仁寺的书摊去等，一定能找到。"这书生按徐乾学的话去书摊等王士禛，果然等到了。

看这篇《慈仁寺》，会知道王士禛是真的爱书，并沉浸到购书淘书的乐趣当中，浑然忘我。以他那样一个蕴藉温厚、地位尊贵之人，却跟书贾锱铢必较、讨价还价，为一书之得失而情牵意随，风度顿失，倘不是爱到深处，能至于此么？王士禛在为人为文为官上都谦谨克制，唯独于购书藏书之乐，嗜淫如癖，这是否是他对自己的一种补偿与放纵呢？王士禛在《居易录》中曾记载说："尝冬日过慈仁寺市，见孔安国《尚书大传》，朱子《三礼》，《经传通解》，荀悦、袁宏《汉纪》，欲购之。异日侵晨往索，已为他人所有。归来怊怅不可释，

病卧旬日始起。"又在《池北偶谈》中说:"予在淮安榷关日,有书贾携故书求售,内有写本《文海》及徐梦莘《三朝北盟会编》二书,不果售,至今以为憾。"从淮安榷关到写《池北偶谈》,二十多年了,还念念不忘,真是为书相思成病,病入膏肓了。王士禛自己也承认说:"古称书淫书癖,未知视予何如?自知玩物丧志,故是一病,不能改也,亦欲使吾子孙知之耳。"书淫书癖是读书人的雅病,没有谁会对一个人的爱书行为提出异议和难词,连康熙都夸赞王士禛说"居家除读书外,别无他事"(《清史列传·王士禛传》),王士禛这人"长身修髯,无声色博弈之好,惟嗜读书,公余手不释卷",王士禛为自己隐藏的真性情找到了不错的发泄口。

王士禛的曾祖做过明朝的大司徒,但并不爱藏书,到他祖父一辈,家中藏书已粗具规模,后因战乱毁没。王士禛兄弟几个都做了官,也都热衷藏书,王士禛最甚。王士禛在扬州做推官五年,聚书数十篋;进京做官后,二十余年间,俸钱之入尽以买书,到康熙三十年(1691)他的池北书库中已聚数千卷。据载,王士禛的书库及藏书印的命名都很有意思。比如他的藏书室"池北书库",他在《池北偶谈》自序中说:"予所居先人之敝庐,西为小囿,有池焉,有老屋数椽在其北。予宦游三十余年,无长物。唯书数千卷,庋置其中。辄取乐天池北书库之名名之。"又如"石帆亭图书印",石帆亭在池北书库旁。王士禛常在石帆亭与宾客聚谈,故名。

清代诗学流派纷起,王士禛倡导的"神韵派"即使在当日也常常为人所诟病,但他的那些读书笔记、藏书心得往往被人所引载。张岱说,人无癖不可与交,以其无真性情,文字的东西也是,没点癖性沉潜进去,就不可爱感人,幸好,王士禛有嗜书爱书之癖。

寄家弟佛民

【清】廖燕①

久处瓮牖②，昨始出门，见郭外草青树绿，心目为之一爽。今往南岸村，了此又当他适。口足为劳，夜复惊盗，彼中人恬不为怪，则习不习之异也。村旁即双下溪，昨食溪鱼佳甚，与大河所产迥别，生平似未及尝者。此溪出猺山高源③，下合乳水入大江④，水势浅急，沙石杂错，遇巨石阻激，则回流漩洑⑤，郁为深潭，为鱼穴薮⑥。住溪人皆善捕鱼，月夜，裸体坐急流上，候鱼过。鱼性喜逆流抢生，伺近身，以手按之辄得，顷刻可数十头，谓之"坐滩"。所产鱼属皆佳，所称杨妃鱼尤美。长不过五寸，圆身膏肉，传杨妃所喜者，妄。又言此鱼出洋泂坑，坑有巨穴，莫测其源。春涨盛至，则鱼从穴出，遇秋复入，味更肥美，以多食鲜故耳。鱼固佳，洋泂坑名亦雅。此坑与双下溪相接，但予未履其境，故不得详。洋泂与杨妃音相似，理或然也。邑志皆未载。以此知天下所遗者多矣。催逋稍暇⑦，记此散怀，并寄回。一笑。

【注释】

①廖燕（1644—1705）：燕初名燕生，字人也，又字梦醒，号柴舟，广东曲江人。诸生。生性简傲，鄙视儒家正统观点和程朱理学，有《性论》、《性善辩略》、《性相近辩略》等文，力驳孟子、荀子、朱熹之说。著有《二十七松堂集》及杂剧《醉画图》等。

②瓮牖：以破瓮为窗，指贫寒之家。这里指代自家。

③猺山：又叫瑶山，广东第一高峰，距乳源县城40公里。

④乳水：即南水河，出自广东乳源瑶族自

治县境双峰山下，南抵曲江。

⑤回流漩濮(fú)：水旋转回流。

⑥薮(sǒu)：水浅草茂的沼泽。

⑦催逋：催索赋税。此当指被官府催索赋

税。这是廖燕的牢骚愤激语，本意不过是赶路之暇的意思。催，紧迫。逋，拖延，拖欠。

松蒲归渔图

【译文】

近来老待在家中，昨天才出门，见城外草青树绿，不由得心神俱爽。今天前往南岸村，之后，又要去别的地方。白天为吃饭奔波，夜里还被强盗惊扰，那里人竟然恬然不以为怪，原是习惯与不习惯的差异。南岸村旁是双下溪，昨天吃的溪鱼，味道极好，和大河里的鱼味道很不同，我生平好像从未吃过这么鲜美的鱼。这溪出自徭山高处的源泉，下流汇合乳水，然后汇入大江，水势浅而急，里面沙石杂错，遇到大石阻扰、崩激，就涡旋回流，郁结为深潭，成为鱼儿聚居的地方。住在溪边的人都擅于捕鱼，每当月夜，就光着身子坐在急流的上方，等着鱼游过。这种鱼生性喜欢逆流抢生，等它一靠近身边，用手一按，就抓住了，一会儿就可以抓到几十条鱼，当地人把这种捕鱼的方法叫做"坐滩"。这溪里所产的鱼味道都很好，有种叫杨妃鱼的，味道尤其好。这种鱼长不过五寸，鱼身浑圆鱼肉肥白，传说是杨贵妃所爱吃，这种说法是妄传。又说这种鱼出自洋洄坑，坑中有个大洞穴，没有谁知道水从哪里来。春水大涨的时候，杨妃鱼就从洞中出来，到了秋天又回到洞中，秋天季节的杨妃鱼味道更加肥美，因为这时的鱼吃了很多新鲜的食物。杨妃鱼当然不错，洋洄坑这个名字也颇雅致。洋洄坑与双下溪相接，我没有亲自去那里，所以也对那里不是很了解。洋洄与杨妃音相似，道理上或许是这样。邑志里都没有记载。从这一点来看，就知道天下被载记遗漏的东西很多啊。被催逼讨债之余，我写下了这些文字来抒怀，也寄给你看看。聊供一笑。

这是一篇非常耐读的尺牍。尺牍中：有孤寂偏僻的乡村、清冷的溪流、微寒的月光，还有突然来去的强盗以及疲惫却恬静的乡民。也有快乐的事，比如裸着身子在溪头坐滩抓鱼，再比如就着溪中肥美的鱼品味乡村典故，真的是很透明清亮的乡村世界。看《动物世界》时，特别喜欢看关于熊的故事，每当大马哈鱼逆流而上，到上游产子时节，都有许多棕熊候在急流之上张嘴吃鱼，那情节有趣而又动人。从来不知道，在那不知名的乡村，村民们竟然像棕熊一样守在逆流之上，随时抓捕抢生的溪鱼，手法竟然也不比棕熊差。多美妙的乡村世界！

清初之际，有识之士对晚明尺牍那种适性任情的风格有所反思，廖燕就是其中一个。他认为尺牍小品应该"照乘粒珠耳，而烛物更远，予取其远而已；匕首寸铁耳，而刺人尤透，予取其透而已"（《二十七松堂集》），这篇尺牍没有一味地停留于乡村逸事的描述，而是不时插入自己的思考与考辨，这使得全篇给人清朗、透明的感觉。

廖燕以一个久困书斋的读书人的眼睛观照偏僻的乡村以及人们的生活，在那里，人们平静地面对强盗的来去、自然地光着身子捕鱼、笨拙却透彻地解释名物，十七世纪的中国乡村或者说现代化之前的中国乡村,原来就这样一直静默坚忍地存在着。

作为一个有独立人格思想的文人,廖燕对很多流传久远的历史定论,对中国的传统文化,对科举制度与知识分子的生存方式等重大命题,都有大胆而精辟的思考。今人张舜徽评价廖燕的著作说"皆洞达著述本原,非有通识卓见者不能道","议论甚通,尤足以益人神智也","大抵是集史论诸篇,均有新意,能发前人所未发。以其识解甚高,非庸常文士所能逮也"(《清人文集别录·二十七松堂文集提要》)。清通的思想必须越过滚滚红尘才可能形成,廖燕从二十五岁起就绝意仕进,闭户读书,究心经史,以布衣终老。他的著作的文史意义和思想价值或许还待人们深挖,但世间有几个能像廖燕那样,拒绝红尘的诱惑,读书、思考、写作呢?向廖燕致敬!明末清初近二百年间的文化启蒙思潮中,廖燕差可与李贽、黄宗羲等人等量齐观,实在是一个不该被淡忘的人。一直很希望用比较软性的方式靠近廖燕,这篇尺牍正好。

乙亥北行日记

【清】戴名世①

　　六月初十日②，宿旦子冈。甫行数里，见四野禾苗油油然，老幼男女俱耘于田间③。盖江北之俗，妇女亦耕田力作，以视西北男子游惰不事生产者，其俗洵美矣④。

【注释】

①戴名世（1653—1713）：名世字田有，一　②六月初十日：根据戴名世所记时间推算
　字褐夫，世称南山先生，安徽桐城人。　　的，乃康熙三十四年（1695）六月十日。
　康熙进士，授编修，清代著名文史学家。　③耘：除草。
　年少有文才，散文中尤长史传文学。　　④洵美：确实美。洵，信，确实。

【译文】

　　六月初十那天，住在旦子冈。才走了几里，见四野禾苗绿油油的，男女老幼都在田间除草耕作。江北的风俗，连妇女都参与耕田，就这点来比照西北男子游逛懒惰不参加生产的习气，江北的风俗确实是好啊。

　　偶舍骑步行，过一农家，其丈夫担粪灌园，而妇人汲井且浣衣，门有豆棚瓜架，又有树数株郁郁然，儿女啼笑，鸡犬鸣吠。余顾而慕之，以为此一家之中，有万物得所之意，自恨不如远甚也。

俗世生活，自有乐处。

【译文】

我偶然不骑马步行，经过一家农户。那家男人在挑粪浇菜园，女人在井边打水洗衣服。门口有豆棚瓜架，还有几棵树葱葱郁郁，小孩子嬉笑玩乐，鸡鸣狗叫的。我不禁回首叹慕，以为这一家中，的确有万物各得其所的真谛，我自叹我远不如他们安适。

知道戴名世，是因为他的《南山集》以及康熙时候著名的"《南山集》案"。据《清史稿·文苑传一》说："先是门人尤云鹗刻名世所著《南山集》，集中有《与余生书》，称明季三王年号，又引及方孝标《滇黔纪闻》。当是时，文字禁网严，都御史赵申乔奏劾《南山集》语悖逆，遂逮下狱。孝标已前卒，而苞与之同宗，又序《南山集》，坐是方氏族人及凡挂名集中者皆获罪，系狱两载。九卿覆奏，名世、云鹗俱论死。亲族当连坐，圣祖矜全之。又以大学士李光地言，宥苞及其全宗。"事件的过程是，康熙四十一年（1702），戴名世的弟子尤云鹗将戴名世的百余篇古文刊刻，名为《南山集偶抄》，即《南山集》。此书在江南各省迅速风行，影响极大。康熙五十年（1711），《南山集》中因录有南明桂王时史事，并多用南明年号，被都御史赵申乔参劾，戴名世以"大逆"罪下狱。此案株连数百人，当时政界和学界的知名人士如侍郎赵士麟、淮阴道王英谟、桐城派开山鼻祖方苞、庶吉士汪汾等三十二人都被牵连其中，震动整个儒林。又过了两年，康熙五十二年（1713）"《南山集》案"最后裁定：作者戴名世由凌迟处死改大辟（砍头）正法，禁毁其书。其余与该案相关的两百多人全部免死。与戴名世关系最深的方苞，由于名臣李光地的极力保举，不但免死出狱，而且很快"入直南书房"，后来更成为康、雍、乾三朝的御用文人。参劾者赵申乔以此颇得康熙宠信，先是钦赐"匪懈"二字以资鼓励，戴名世死后，赵申乔又升任户部尚书。这就是著名的"清初三大文字狱"之一的"《南山集》案"。

　　《南山集》中，有论说、书信、日记、传、序、墓志铭及其他杂文，而"《南山集》案"直接触动清廷逆鳞的关键是在《南山集》中用了南明年号。清廷官修《明史》一反史家惯例，不著南明三个皇帝入目录，试图抹去南明朝廷与清廷曾经共存、对抗的事实。按顺治《平南恩诏》的意思，清政府认为，自顺治入主北京，就算明朝结束，清王朝开始，南明朝廷就算非法朝廷、伪政府，几个皇帝偏居江南则只能算"妄僭尊号"，因此，顺、康两朝，凡涉及明季三藩及年号的著述，均在干禁之列。戴名世是个认真的读书人，一方面他不能认可这样一种抹杀事实的行为，另一方面他确实以史才自负，发愿要成就一部信史，做到"上下古今，贯穿驰骋，以成一家之言……则于古之人或者可以无让"（《初集原序》）。为此，他广游燕赵、齐鲁、河洛并江苏、浙江、福建等地，访问故老，考证野史，搜求明代逸事，不遗余力。

　　《南山集》刊刻于康熙四十一年（1702），戴名世归隐南山的时候。可康熙四十四年（1705）戴名世参加乡试，中第五十七名举人，次年会试不中，康熙四十八年（1709）中会试第一名，殿试一甲第二名进士及第，成为当年榜眼。授翰林院编修，参与《明史》编纂工作。对此，有人说这是戴名世人生的一大污点；又有人揣测，戴名世隐居之后又出来参加科举，目的就是要进入史馆看到更多史料。看过戴名世的《乙亥北行日记》，后者似乎具有更大的可信度，虽然戴名世因生活困顿出来科考也很可能，但不能排除他内心给自己出仕所找的平衡点就是科考高中，然后进史馆修史。日记中，自然风光、风土人情的描写，名胜旧迹、朋友交情的叙录，山川形势、家国天下的分析，更兼旅途劳顿的描摹、国计民生的忧

《南山集》书影

虑，无不体现出一个真诚、务实的文人学者的气质。而最可爱的是，文章毫不矫情地表达自己对农村生活的向往，这种向往不是晚明之前所有文人出于归隐愿望的折射，而是认为乡村世界更得人之天趣、物之本性，是出于理性思考之后的认可，所以看戴名世的散文，在获得感性共鸣的同时，往往更被他不抽象、不曲折的理性表达所折服。梁启超说："盖南山之于文章有天才，善于组织，最能驾驭资料而熔冶之，有浓挚之情感而寄之于所记之事，且蕴且泄，恰如其分，使读者移情而不自知。以吾所见，其组织力不让章实斋（章学诚），而情感力或尚非实斋所逮。有清一代史家作者之林，吾所颇首，此两人而已。"（《中国近三百年学术史》）确实评价得精彩。

　　这么一个真诚、感性的学者却惨遭那么深切的政治迫害，真有些让人欷歔。据说：康熙四十八年，戴名世点中榜眼的那年，状元是赵熊诏，即时任浙江巡抚的赵申乔的儿子。才能不及中人的赵熊诏高中状元，才华超群的戴名世却是榜眼。舆论认为赵氏父子作弊，而且赵申乔就是出于害怕东窗事发，才从戴名世过去的言论中挑毛病参劾。这是一说吧，《清史稿》说，"（赵）申乔有清节，惟兴此狱获世讥云。"整个"《南山集》案"的过程诡异得实在令人恐惧：案发时间距离作案时间那么长，从立案到结案所迁延的时间也相当漫长，牵扯进去的人实在太多，而结果似乎又有些出乎意料。实际上，清廷在入主中原之后，所采取的一系列政策诸如"剃发"、"圈地"等对整个社会尤其是江南地区是极其野蛮、残暴的，激起了江南各阶层极大的不满情绪，所以，清廷又有步骤、有策略地采取了一系列手段，深文周纳，罗织罪名，对知识分子进行酷烈的思想钳制与行政镇压。戴名世以及他的《南山集》正好是个靶子。赵申乔弹劾戴名世及其《南山集》的罪名是"私刻文集，肆口游谈，倒置是非，语多狂悖"，所谓"狂悖"者，其实仅仅是一个不虚伪的文学家和史学家的良知。戴名世"《南山集》案"之后，钻故纸堆的读书人多了，为戴名世一样的读书人歔歔！

沙弥思老虎

【清】袁枚①

　　五台山某禅师收一沙弥，年甫三岁。五台山最高，师徒在山顶修行，从不一下山。后十余年，禅师同弟子下山，沙弥见牛马鸡犬皆不识也。师因指而告之曰："此牛也，可以耕田；此马也，可以骑；此鸡犬也，可以报晓，可以守门。"沙弥唯唯②。少顷，一少年女子走过，沙弥惊问："此又是何物？"师虑其动心，正色告之曰："此名老虎，人近之必遭咬死，尸骨无存。"沙弥唯唯。晚间上山，师问："汝今日在山下所见之物，可有心上思想他的否？"曰："一切物，我都不想，只想那吃人的老虎，心上总觉舍他不得。"

【注释】

①袁枚（1716—1797）：枚字子才，号简斋，晚年自号仓山居士、随园主人、随园老人，钱塘人。清代诗人、散文家。袁枚是乾嘉时期代表诗人之一，与赵翼、蒋士铨合称"乾隆三大家"。

②唯唯：恭敬的应答声。

【译文】

　　五台山有位禅师收了个三岁小和尚作徒弟。五台山是山中最高的山，师徒俩还在五台山的山顶修行，从来不下山。后来过了十多年，禅师和弟子一道下山，小和尚见了牛马鸡狗都不认识。禅师就指着它们告诉小和尚说："这是牛，可以耕田；这是马，可以骑；这是鸡狗，可以用来报晓、守门。"小和尚很恭敬地点头称是。过了一会儿，一个年轻女子经过，小和尚惊讶地问："这是什么东西？"禅师担心小和尚动心，就很严肃地告诉小和尚说："这个东西名叫老虎，人一靠近它一定会被咬死，尸骨不存。"小和尚也恭敬点头。晚上师徒上山，师父问徒弟说："你今天在山下见到的那些东西，有哪个东西还在心里想着它么？"小和尚说："其他一切东西，我都不想，只是想那吃人的老虎，心里总觉得放不下。"

十几年前，李娜流行的时候曾经唱过一首歌叫《女人是老虎》，因为曲调轻松上口，歌词诙谐，一时大街小巷，到处传唱。谁曾想这首歌词的灵感会源自清代大文豪袁枚的文章呢？很有意思。袁枚所生活的乾嘉时代，考据成风，袁枚却异军突起，独树一帜。袁枚认为诗歌表达应该是指向人的情感内心，他本人经常通过诗歌表达一些在当时看来是非常放浪形骸的情感，所以甚至有"袁三色"的谐名。这篇《沙弥思老虎》是篇弘扬真性情、讽喻伪道学的小品文，浅显易懂，道理明白，很能反映袁枚这个人的才子性情。袁枚这人写作为人都很任情，道学先生们很瞧不起他，他也讨厌道学先生，说"伪名儒不如真名妓"。据载，袁枚曾用唐诗"钱塘苏小是乡亲"刻了一枚私印，有位

老虎已闯进我的心里来

尚书曾向袁枚索要诗册，袁枚在诗册后盖了这枚私印，尚书认为非常不合适，袁枚则以为，尚书虽然现在官居一品，苏小小虽然是卑微的妓女，但恐怕百年以后人们知道有苏小小，却不定知道尚书大人了。情况果然。现在，袁枚和《女人是老虎》这首歌都随时代风烟过去，新时代的伪道学有新的锐意之士在淋漓讽刺，且向袁枚挥一挥衣袖。

题《甲乙集》（十卷，宋刻本）①

【清】黄丕烈②

　　去岁，顾涧薲秋试归余言③，有宋版罗昭谏《甲乙集》，惜去迟，为他人得去，心甚怏怏。既而坊间人自金陵归者，告余颠末④。盖是书在委巷骨董铺。嘉定瞿木夫往观之⑤，需四两银，未能决其为宋刻，且欲俟涧薲去一决之，故迟之未得也。有顾某者，在席氏扫叶山房作夥⑥，素不识古书，闻白堤钱听默在彼⑦，急取是书相质，听默本老眼，性又直，曰："此等宋板书，何待看耶？"顾某狂喜，急持银易归，并欲听默定价，听默估以数金，顾某颇不惬意，以为"宋板书天壤希有，我从未买过，今幸得之，非重直不肯售"，遂居奇。虽欲索观，必亲自解包，一展卷而已。什袭藏之⑧，直视此为至宝矣。余所存惟旧刻罗集，亦有一本，惜止四卷，并无目，故闻有十卷本，欲蓄之以为全璧也，议价至一斤金⑨，牢不可破。时余方北行，为成交易，顷自都门旋里，问坊间人，知尚未销，如愿偿之，而全书始获，至宝之说，竟与少见者同病夫，亦可笑已。

【注释】

①《甲乙集》：唐朝诗人罗隐的诗集。共十卷，收有诗四百余首，主要分两大类：一类是屡考不举"下第"诗，内容充满愤懑不平之情；另一类是咏物、咏史诗，讽嘲之言溢乎其间，亦寓有警世之戒。

②黄丕烈（1763—1825）：丕烈字绍武，又字绍甫，号荛圃，清江苏吴县人。藏书之所曰"百宋一廛"，以其藏书之富、藏书之精，推崇者甚至以为乾嘉藏书时代乃黄丕烈"百宋一廛之时代"。编纂有《所

见古书录》、《百宋一廛书录》、《百宋一廛赋注》、《求古居宋本书目》。黄丕烈在其数十年积书生涯中，经其鉴赏校勘而留下题跋的书，散存于《士礼居藏书题跋记》、《续记》、《再续记》和《荛圃藏书题识》、《续录》中计有九百种以上，存世八百余篇。

③ 顾涧薲：顾广圻（1770—1839），字千里，号涧薲，别号思适居士。清校勘学家、目录学家。元和（今属江苏苏州）人。嘉庆诸生。博览四部图书，通经学、小学，尤精校雠学，与孙星衍、黄丕烈等人俱称清代校勘学巨匠。他提出校勘古书要做到"唯无自欺，亦无书欺；存其真面，以传来兹"。经他亲自校勘过的图书，都具有较高的学术价值，人称"顾校"。亦喜藏书，名藏书处为"思适斋"，著有《思适斋集》，录其校书、刻书的序跋。

④ 颠末：始末。

⑤ 瞿木夫：即瞿中溶（1769—1842），字镜涛，号木夫，清代篆刻家。生于长至日，故又号苌生。晚号木居士，钱大昕之婿。博学多识，尤精金石考证之学，广搜访，富

黄丕烈手书《毛诗传笺跋》

平江黄氏图书

荛圃手校

收藏，工书画。好篆刻。其篆刻宗汉人，得浙派神韵，布局尚稳，用刀生涩。因生平勤于著述，故篆刻、书画作品存世较少。但他自谓："白文不如陈鸿寿，朱文则过之。"一生著作颇多，著有《湖南金石志》、《吴郡金石志》、《汉金文编》、《集古官印考》等。

⑥席氏扫叶山房：著名书坊。最初创于明朝万历年间，先设店于苏州阊门内。店主席氏，先世居苏州洞庭东山，于明末清初购得常熟毛氏汲古阁书版而设此扫叶山房。刻有《旧唐书》、《旧五代史》、《二十三史》、《契丹国志》、《东都事略》、《元史类编》、《宋元明清四朝学案》、《汉魏六朝三百名家集》、《元诗选》、《千家诗》、《随园全集》、《徐霞客游记》，以及大型类书《佩文韵府》、《册府元龟》、《太平御览》等。其所出经史子集、字典、尺牍、字帖、医书、旧小说等均为石印线装，并采用连史纸和有光纸，较一般坊本精善。1880年设分店于上海城内彩衣街，又在租界棋盘街设分店，称"扫叶山房北号"。上海解放后仍继续营业，1954年歇业，1955年停业。

⑦钱听默：杭州人，客寓苏州经营旧书，能视装潢线订，即知为某氏所藏本，有"白堤钱听默经眼"藏书印。黄丕烈与钱听默往来密切，说他是"书贾中识古之人"，并以"今之陈思"、"隐于书市"两语相誉。他有一诗称赞钱听默："逸人所乐在琴书，德义高踪叹埶如。我向白堤寻老友，琳琅经眼固非虚。"

⑧什袭藏之：把物品层层包裹起来珍藏。什，十。袭，量词。什袭，即十层。

⑨一斤金：十六两白银。

【译文】

去年，顾千里秋季科考回来告诉我说，看见宋版罗昭谏的《甲乙集》，可惜去晚了，被别人买去，很是遗憾。不久，坊间有人从金陵回来，告诉我《甲乙集》交易始末。原来，书在小巷的古董铺。嘉定的瞿木夫前去观看，要价四两白银，因为不能判断它是否为宋刻本，又想等顾千里去判断真伪，所以去晚了没买到。有个姓顾的人，在席氏扫叶山房做伙计，向来不认识古书，听说白堤的钱听默在金陵，急忙拿此书去询问，钱听默本来就是行家，性格又直爽，说："这么好的宋版书，还要看吗？"顾某狂喜，急忙拿钱买回这书，并想要钱听默定价，听默估价几两银子，顾某很不满意，认为"宋版书乃天地间稀有的东西，我从未买过，现在有幸买到，不是重金一定不能卖出"，于是居奇不卖。即使观者希望看看，顾某也一定要亲自解开书函，只是稍微翻一下书页就作罢，把此书看成至宝，层层包裹起来珍藏它。我藏有罗氏集子一本，是旧刻本，可惜只有四卷，而且没有目录，所以听说有十卷本，也很想收藏以凑成完本。和顾某议价，他一定要十六两银子，而且坚决不肯还价。那时我正好北行，为达成交易，不久又从都门回到家里，问坊间人此书的去向，得知它还没有卖掉，就按顾某所议价买下，我也终于得到《甲乙集》的全本。顾某因少见而有所谓的"至宝"说法，我竟和他犯同样的毛病吗？想来也好笑。

黄丕烈的题跋非常有价值，这价值不仅是指黄氏题跋在文史研究方面有意义，而且指其题跋在市场上也非常值钱。民国时候，黄丕烈的题跋极被藏家推重，无论长篇短帧，人们都"搜采不遗"，以至于"一卷悬值百金"，不仅商贾"挟以居奇"，就是藏家，倘若"家无荛圃手校之书，百城因之失色"（清·傅增湘《思适斋书跋序》）。与传统题跋极其不同的是，黄丕烈的题跋喜欢陈述古籍善本的交易始末，往往"侈陈所得宋、元本楮墨之精、装潢之美、索价几何、酬值

士礼居藏

百宋一廛

顾千里经眼记

思适斋藏

顾涧薲手校

广圻审定

几何、费银几两、钱几缗",致使其题跋不仅"能于书目中,别开一派",而且具有叙事完整、富有传奇性、世俗性等明显特征,极大地消解和淡化了传统题跋以"短辞小藻"、讲究隽语词峰、富于抒情意味见长的特征,成为现代书话之源头。

这篇题跋围绕宋刻本《甲乙集》之售求始末,事态屡有变化,人性如此丰富复杂:爱书者爱而不能获得之憾恨惋惜、购求者欲得而惜价之犹疑比较、书店伙计据物牟利之谨慎贪婪、赏鉴家老眼超然之自信切直、作者因务求全璧而受挟于人之痴顽无奈,饶有意趣。尤令人诧异的是,书店伙计以四两白银购得宋刻本《甲乙集》,最终以十六两白银卖与黄丕烈,赚得差价十二两。据其时货币兑换比例,一两白银可兑一千文钱,而其时普通小民一日不过几十文即足以糊口,则书店伙计囤积居奇亦回报厚矣。实际上,不仅是书店伙计,整个社会,各个阶层,皆不免浸淫其中,涉及古书善本之交易,并因利润与利益而痴嗔怨怒,纷纷扰扰。

黄丕烈所活动的乾嘉时代,社会经济尤其是其时全国经济中心的江南高速发展,资财百万甚至千万之巨商大贾亦不稀奇。而必须指出的是,传统结构及制度可容纳的生产力发展潜力至宋前期已开发至极限,此后的元、明、清七百年间,生产力并没能焕发出新的增长空间,仅仅是数量的增加而已,民间大量资财并无可以投资之处,以此,宋中叶开始,古董善本之购求逐渐成为民间资财之重要流向,乾嘉时代更是发展至极致。叶德辉《书林清话》云:"自钱牧斋、毛子晋先后提倡宋元旧刻,季沧苇、钱述古、徐传是继之。流于乾嘉,古刻愈稀,嗜书者众,零篇断叶,宝若球琳。盖已成为一种汉石柴窑,虽残碑破器,有不惜重赀以购者矣。"(《藏书偏好宋元刻之癖》)事实上,乾嘉时代,一则最高统治者坚持奉行"稽古右文"政策,再则政府致力于撰修大型丛书,对古籍善本需求甚切,故极力倡导鼓励民间献书、藏书、刻书，另外，其时以考据求实为核心的乾嘉朴学乃整个社会之主要思潮，无论平民、仕宦，皆热衷于读书著述，俨然学者当道之社会，因此，整个社会对古籍善本需求甚大。又由于古籍善本不可再生的特性，社会上大量资财愈是源源滚入其消费与交易中，愈增强其价值，就中可牟之利愈是丰厚。某种程度上，古籍珍玩实际为其时文化奢侈商品。就藏书而论，黄丕烈藏书之富且精，居乾嘉时代之首，清末叶昌炽云："三百年来，凡大江南北以藏书名者……既精且富，必以黄氏士礼居为巨擘。"（《藏书纪事诗序》）所以能够如此，黄丕烈自己总结经验云"价高招远客"，从这则题跋看，果然。

值得注意的是，黄丕烈只不过是以学者的态度藉其题跋如实地交代书籍交易始末，但就题跋文体本身而言，由于消费文化介入而衍生出的叙事性与传奇性大大改变了传统题跋自娱自乐的抒情特性，竟与现代书话写作旨趣具有内在相似性。例如下引一段现代书话：

> 光绪末年，杭州文元堂主人杨耀松，以六十元从塘栖购得旧书两大篑，启篑检视，但见每册皆有蝇头小字批注满幅，而无一棉纸书，大为失望，以为无利可获矣。他日试以数册示京估，每册索十元，京估欣然受之。嗣后北京人相继追踪而来，索购有蝇头小字之书。傅沅叔（增湘）亦派专人来杭，所获较多。两月之间，销售一空，获利两万余金，杨氏以此起家。事后，始有人告耀松曰："尔所售去蝇头小字书，皆劳季言（劳格）批校本也。若持至京沪，每册当值百元以上。"耀松大为悔恨，因伪刻劳氏藏印，苟得刻本稍旧而有批校者皆钤之。如是数年，钤伪者皆得善价。（陈乃乾《上海书林梦忆录》）

引文所叙不过清末劳格批校本前后流通交易始末。但由于劳格批校本为民国藏家推重，视其与"顾校黄跋"（按，顾广圻校勘、黄丕烈题跋）等价，遂引发藏家、书贾如蝇追索；亦由于其中厚利可牟，书贾又肆意造假求利。引文简直一场由劳批本引发的故事，其叙述人心叵测、事态纷纭，犹如微型小说一般，黄丕烈题跋其实与之并无太多区别。只是，乾嘉朴学风气影响，黄跋学术性稍强，趣味性稍弱，此亦时代所必然。即便如此，黄氏题跋依旧具有难以磨灭的魅力与影响。

雅　赚

【清】宣鼎①

郑板桥先生，书法钟、王②，参以米、蔡③，转似篆隶；画则得所南翁家法④，更参以徐青藤老人挥洒雄杰之致，便卓然大家。为秀才时，三至邗江⑤，售书卖画，无识者，落拓可怜。复举于乡，旋登甲榜，声名大震。再至邗江，则争索先生墨妙者，户外履常满。先生固寒士，至是益盛自宝重，非重价，不与索。沈凡民先生代镌小印文⑥，曰"二十年前旧板桥"，志愤也。

【注释】

① 宣鼎（1832—1880）：鼎字子九，名号颇多，有前身罗浮山香雪道士、铎吏、铎主人、铎处士、铎居士、铎佛奴、到处云山行脚僧、虎口通客、瘦尊者、问香庵主、东鲁游人、铎痴、寿眉等等，在《寰宇琐纪》中他还自称为"金石书画之丐"。《清画家诗史》中载："宣鼎，号瘦梅，安徽天长人。花鸟笔极超拔，赋色妍丽。"著有《夜雨秋灯录》、《续录》等。

② 钟：钟繇（151—230），字元常，三国魏颍川（今河南许昌）人。因为做过太傅，世称"钟太傅"。他的书法，以曹喜、蔡邕、刘德升为师，博采众长，兼善各体，尤精小楷。结构朴实严谨，笔势自然，开创了由隶书到楷书的新貌。王：王羲之（303—361或321—379），字逸少，号澹斋，后为会稽内史，领右将军，人称"王右军"、"王会稽"。王羲之是东晋书法家，少从卫夫人（铄）学书法，后草书学张芝，正书学钟繇，博采众长，精研体势，一变汉魏以来波挑用笔，独创圆转流利之风格，隶、草、正、行各体皆精，被奉为"书圣"。其作品真迹无存，传世者均为临摹本。其行书《兰亭集

序》、草书《初目贴》、正书《黄庭经》、《乐毅论》最著名。

③米：米芾（1051—1107），字元章，号襄阳居士、海岳山人等。北宋书法家，画家，书画理论家。善诗，工书法，擅篆、隶、楷、行、草等书体，长于临摹古人书法，达到乱真程度。初师欧阳询、柳公权，字体紧结，笔画挺拔劲健，后又转师王羲之、王献之，体势展拓，笔致浑厚爽劲，自谓"刷字"，与苏轼、黄庭坚、蔡襄并称宋代四大书法家。蔡：蔡襄（1012—1067），字君谟，仙游人，是宋代四大书法家之一，书法精妙，恪守法度，有晋唐风轨，前代意韵，变态无穷，真、行、草、隶四体都达到妙胜之境。又能飞白书，尝以散笔作草书，称为"散草"或"飞草"。欧阳修称"蔡君谟（书法）独步当世"。

④所南翁：郑思肖（1241—1318），字忆翁，别号所南，宋末诗人、画家。擅长作墨兰，花叶萧疏而不画根土，意寓宋土地已被掠夺。

⑤邗江：指扬州。

⑥沈凡民：沈凤（1685—1755），江苏江阴人。官南河同知。虬髯古貌，广颡方颐，世人称为古君子。受书法于王虚舟（澍），淹通博鉴，工铁笔，善山水。自言生平篆刻第一，画次之，字又次之。晚年不肯刻石作画而肯书。有《谦斋印谱》。郑板桥书画印章，多出于高西园、沈凡民之手，以"板桥道人"、"恨不得填满了普天饥债"、"二十年前旧板桥"、"康熙秀才"、"雍正举人"、"乾隆进士"等尤妙。

二十年前旧板桥

【译文】

　　郑板桥先生的书法主要学钟繇、王羲之，再掺杂着学米芾、蔡襄，转而有些篆隶的味道。郑先生的画得所南翁画法的真谛，又掺杂着徐渭那种挥洒雄杰的气度，于是成为成就卓著的大家。郑先生还是秀才的时候，曾多次到扬州，出售自己的书画，却没有谁能慧眼识珠，非常落魄可怜。后来中乡试，马上又中了进士，一下声名大振。当郑先生再回到扬州，人们都争相索取郑先生的墨宝，门里门外总是人满为患。郑先生本来是个穷书生，到这时更加宝重自己的作品，不是重价，就不搭理人家的索取。沈凡民先生曾代郑先生刻了一枚印，"二十年前旧板桥"，就是为了表达他的愤慨。

时江西张真人入觐回，道出邗江，商人争媚之，欲得先生书联献真人。江西定做大笺，纸长丈余，阔六尺余，乃可一不可再者，使人婉求先生书，且请撰句。问需值，曰："一千金。"来者允五百。先生欣然，奋笔直扫，顷成上联，云"龙虎山中真宰相"，求书次联，笑曰："言明一千金，尔只与五百，我亦仅与其半。"其人往告商，不得已，如数与之。即书次联，曰"麒麟阁上活神仙"，人人赞叹，工妙绝伦。

【译文】
　　那时江西的张真人去参见圣上回来，经过扬州，当地商人都争相去巴结真人，想用郑先生写的对联去进献真人。江西商人定做了一张长丈余，宽六尺余的笺纸，真是大得绝无仅有，让人恳求郑先生书写并撰词。问郑先生需要多少钱，郑先生说："一千两白银。"这人答应给五百两。郑先生欣然允诺，并奋笔直书，一会儿就写出上联，"龙虎山中真宰相"，人家要先生写下联，先生笑道："说好了要一千两白银，你只肯给五百两，我也只好写一半了。"这人前去告诉商人，商人没办法，只好如数给钱。先生立刻写下联"麒麟阁上活神仙"，大家纷纷赞叹先生的书法与对联工妙绝伦。

其时，商家因盐政都转[1]，咸重先生，遂争求先生书画，或联、或幅、或笺、或斗方[2]，以为荣，各商皆得之。唯商人某甲，出身微贱，赋性尤鄙，先生恶之；虽重值，誓不允所请。某甲自顾厅事，无先生尺楮零缣③，私衷羞恧④。百计求之，终不得。

【注释】

① 盐政都转：清代官名别称，即都转盐运使。都转盐运使司，中国清朝地方机构之一，主要处理各地盐务事宜。该使司设置运盐使、同知等官职，掌控盐法政令。清朝灭亡后，该机构废除。

② 箑（jié）：扇子。斗方：书画所用的一尺见方的纸。亦指一尺见方的册页书画。

③ 尺楮零缣：指一小张字，一小幅画。楮，纸。楮皮可以制皮纸，故有此代称。缣，双丝织的浅黄色细绢，也作书写用。

④ 恧（nǜ）：惭愧，愧对。嵇康《幽愤》诗："外恧良朋。"

一本万利

【译文】

那时，因盐商的关系，都非常推重先生的书画，于是人们争相索求先生的书画，或对联、或尺幅或斗方，只要是先生的笔墨，人们都以为荣耀。每个商人都得到了郑先生的书画，只有某个盐商，因为出身微贱，性情尤其鄙客，郑先生很厌恶他，即使给双倍的价钱，也坚决不肯如其所愿。盐商看着自家厅堂，没有半张先生的笔墨，深感羞愤，但百计索求，最终还是不能得到。

　　先生性好游。一日，携短僮，负诗囊，信步出东郭，渐至无人踪。视乱坟丛葬间，隐隐有屋角，微露炊烟，花柳参差。笑曰："岂此间有隐君子耶？"甫逾岭，而坟益多，径益窄。再一回头，则有小村落在焉。茅屋数椽，制绝精雅，四无邻舍，又无墙垣，小桥通溪，即至门首。白板上一联云："逃出刘伶禅外住，喜向苏髯腹内居①。"上有小额云"怪叟行窝"。进关，又得一重门，联云："月白风清，此处更容谁卜宅；麟阴焰聚，平生喜与鬼为邻。"额云"富儿绝迹"。庭中笼鸟盆鱼，与花药相掩映。新种芭蕉，才有掌大；乍添杨柳，却比人高。朝南有室两楹，洒扫无纤尘，内置几一、案一、椅四、杌二、木榻、藤枕、书橱各一，琴剑、竹搁又各一。案上笔砚纸墨，乌丝尺②，水中丞皆备③。壁上悬青藤老人《补天图》，女娲氏螺髻高颡，仰视炉鼎中，气冉冉入空际，生气勃发，的为真迹。两壁则素粉如银，绝无悬挂。爱极，不问主人谁是，即就榻趺坐④。忽一秃发童子自内趋出，视良久，旋诣内，大声呼："有客！"即闻主人在内问讯，命即逐客。所携短僮，殷殷以先生名氏告之，始见主人出，则东坡角巾⑤，王恭鹤氅⑥，羊叔子之缓带⑦，白香山之飞云履⑧；手执麈尾⑨，翩然而来，老叟也。彼此略叙述，语颇投契。问叟名氏，曰："老夫甄姓，西川人，流寓于此。人以老夫太怪，遂名曰怪叟。"问"富儿绝

迹"四字何意,曰:"扬城富儿,近颇好雅;闻老夫居址,小有花草,争
来窥瞰。但此辈满身金银气,一入冷境,必多不利:或失足堕溪水,或花
刺钩破衣,或遭守门花庬啮破足⑩,或为树杪雀粪污俊庞。所尤奇者,一
日,富儿甫坐定,承尘鼠迹⑪,空隙破瓦堕,正中其额,血淋漓,乃萎顿
去。自是相戒,不敢入吾室。遂以为额,志实也。先生清贫则已,若亦
富人,恐于先生亦大不利。"先生叹曰:"仆生平亦最恶此辈者。幸福
命高,未曾一作富人,得安稳入高斋,领雅教,何幸如之!"须臾,童子
献清茗,叟为之鼓琴,风冷冷然,不辨何曲;唯爱其音调激越,渐转和
煦,忽铿然顿止。问:"先生能饮乎?"曰:"能。"曰:"盘餐市远无兼
味⑫,奈何?"既而自思曰:"釜中狗肉甚烂,然非所以款高贤。"先生性
嗜此,闻之垂涎,曰:"仆最喜狗肉,是亦愿狗生八足者。"叟曰:"善。"
即于花下设筵,且啖且饮,狗肉而外,又有山蔬野簌,风味亦佳。叟醉,
又抽剑起舞,光缕缕然,未识果否成容;然观其顿挫屈蟠,不减公孙大

郑板桥一生好画兰、竹、石,他认为兰四时不谢,竹百节长青,石万古不败。

娘弟子⑬。正白气一团，忽大声跃出圈外，依旧入座，面不改色。先生起敬曰："翁真高士也！请浮一大白，仆恨相见晚矣！"视日已下春⑭，先生辞退。叟殷殷送过桥，曰："仆与君，同一不合时宜者，如有余暇，可着屐过我。"先生曰："不速之客，何惜频来！"由是日一过叟，清谈不倦，醉而后返。

【注释】

①刘伶：《晋书·刘伶传》载："（刘伶）身长六尺，容貌甚陋。放情肆志，常以细宇宙、齐万物为心。澹默少言，不妄交游，与阮籍、嵇康相遇，欣然神解，携手入林。初不以家产有无介意。常乘鹿车，携一壶酒，使人荷锸而随之，谓曰：'死便埋我。'其遗形骸如此。"苏髯：苏东坡。传说苏东坡胡须又密又长，故称。

②乌丝尺：乌木镇纸。

③水中丞：水丞，贮存砚水的小盂，最早约见于汉代。水丞有玉、石、瓷、紫砂等用材。多属扁圆形，有嘴的叫"水注"，无

嘴的叫"水丞"。

④趺(fū)：盘腿而坐。

⑤东坡角巾：东坡巾，古头巾名，又名乌角巾，相传为宋苏东坡（轼）所戴，故名。其巾制有四墙，墙外有重墙，比内墙稍窄小。前后左右各以角相向，戴之则有角，介在两眉间。

⑥王恭鹤氅：即披衣。《晋书·王恭传》："（王）恭美姿仪，人多爱悦，或目之云：'濯濯如春月柳。'尝被鹤氅裘，涉雪而行，孟昶窥见之，叹曰：'此真神仙中人也！'"

⑦羊叔子之缓带：羊叔子，羊祜字叔子，西晋时人，晋武帝时任尚书右仆射，都督荆州诸军事，出镇南郡，以清德闻名。其韬略过人，素重信义，有"轻裘缓带羊叔子，羽扇纶巾诸葛公"之说。缓带，宽束衣带，形容悠闲自在从容不迫。

⑧白香山之飞云履：相传为白居易居庐山草堂时自制鞋的名称。唐冯贽《云仙杂记·飞云履》："白乐天烧丹于庐山草堂，作飞云履，玄绫为质，四面以素绡作云朵，染以四选香，振履则如烟雾。

乐天着示山中道友曰：'吾足下生云，计不久上升朱府矣。'"元辛文房《唐才子传·白居易》："公好神仙，自制飞云履，焚香振足，如拨烟雾，冉冉生云。"

⑨麈尾：古人闲谈时执以驱虫、掸尘的一种工具。在细长的木条两边及上端插设兽毛，或直接让兽毛垂露外面，类似马尾松。晋人清谈时必执麈尾，后相沿成习，为名流雅器，不谈时，亦常执在手。

⑩花厖(máng)：花狗。厖，通"龙"，多毛狗，泛指狗。

⑪承尘：藻井，天花板。

⑫兼味：两种以上的菜肴。汉桓宽《盐铁论·刺复》云："盘飧市远无兼味，樽酒家贫只旧醅。"

⑬公孙大娘：乃唐代开元时期宫廷舞剑人，以舞剑器而闻名于世。她在民间献艺，观者如山。应邀到宫廷表演，无人能比。她在继承传统剑舞的基础上，创造了多种剑器舞，如《西河剑器》、《剑器浑脱》等。

⑭下舂：称日落之时。

【译文】

　　郑先生喜欢游赏。有一天，他带着一个小童，背着诗囊，信步就走出了城东，渐渐地就到了没有人烟的地方。看看四周乱坟石岗之间，隐约露出一点屋角，还有一缕炊烟飘出，杂花柳树参差其间。先生笑道："难道这个地方还有隐君子么？"于是越过山岭，只见乱坟越来越多，道路越来越狭窄。等再次回头，却发现有个小村庄出现在眼前。几间茅屋，建制精雅，周围也没有什么邻舍，也没有围墙，有座小桥跨过门前的小河，过了桥就直接到了门前。门上的本色木板上贴着一副对联写道："逃出刘伶禅外住，喜向苏髯腹内居。"还有横联写道"怪叟行窝"。进得门去，又有一道门，门上贴着对联，写道："月白风清，此处更容谁卜宅；麟阴焰聚，平生喜与鬼为邻。"横联写道"富儿绝迹"。庭院里，笼中有鸟，盆中养鱼，和那花草相映，颇有天趣。就是那芭蕉，才种下的样子，叶子不过巴掌大；杨柳也是新种的，只和人差不多高。院中朝南方

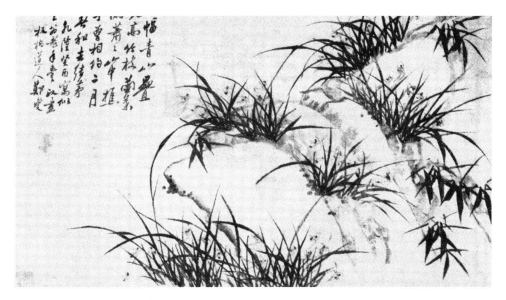

郑板桥所绘山中空谷野生之兰，苍劲秀逸。

向有两间房子，打扫得非常干净。房间里一张小桌、一台书案、四张椅子、两个小凳子，一个木榻、一个藤枕和一个书橱，另外还有一张琴、一把剑、一只竹杖。书案上，笔墨纸砚、镇尺、水丞一一具备。墙上挂着徐渭的《补天图》，看画中女娲高梳着螺髻，露出宽大的额头，仰看那画中炉鼎烟气冉冉，缭绕升空的样子，生气勃发，确实是徐渭的真迹。画两边的墙壁都雪白雪白的，没挂任何东西。郑先生十分喜欢房中摆设的风格，也不管主人是谁，当即就到榻上盘腿而坐。忽然一个头顶尚未留发的小童从里面跑出来，盯了郑先生好一会儿，转身跑到里面，大声叫道："来客人了。"就听主人在里面问是谁，并让童子把客人赶走。郑先生带来的小童，赶紧一再地将郑先生的名号告诉主人，这才见主人出来。只见他头戴东坡巾，身披王恭白鹤氅，腰缠羊祜宽系带，脚踩白香山飞云履，手拿麈尾，原是风度翩翩的一个老头。郑先生与主人相互见过，略略客气几句，很是投缘。就问老头名氏，老头说："我姓甄，西川人，暂时住在这里。人家因为我太怪，都叫我怪叟。"先生问老头"富儿绝迹"是什么意思，老头说："扬州城里的那些富人，近来都比较喜欢风雅，听说我住的地方，有些花草，都争着来看。只是这些人满身金银俗气，一到这样幽冷的地方，就会遇到些麻烦，有的失足掉到小河里，有的被花刺钩破衣服，有的被看门狗给咬了，有的被那树上的鸟粪弄脏了脸。最奇怪的是，有一天，有个富人才刚坐下，屋梁上老鼠跑过，那屋顶瓦间的一块破瓦正好掉下来砸在那富人额头上，当即鲜血淋漓，只好垂头丧气地回去了。从此富人们就相互警戒，不敢再到我家来。所以我就以此作为匾额，说的是实情。先生您如果清贫也就罢了，如果也是富人，只恐怕对您不吉利。"郑先生感叹道："我生平也最讨厌那些富人。幸好我福大命大，从没做过富人，所以才安稳地到了您的斋内，听得您的一番雅论，真是幸运之至！"过了一会儿，童子献上清茶，老头为先生弹琴，琴声冷幽清爽，不知道是什么曲子，只是喜欢那音调，由激越逐渐转为平和、安静，再忽然铿然而止。老头问道："您能喝酒吗？"先生说："能啊。"老头又说："这里因为离城里远，没什么菜，怎么办呢？"过了一会儿又自忖道："锅里炖着狗肉，已经烂了，只是不好用来款待贵客。"先生向来爱吃狗肉，听了这话，口水都出来了，赶紧说："我最爱吃狗肉了，只希望狗生八只脚。"老头说："那就好。"于是就在花下设宴，边吃边喝，狗肉之外，还有些山里的野菜竹笋一类的菜，味道也非常不错。老头醉了，于是拿剑来起舞，只见白光闪闪，也不知道是否有招式，但看他上下翻飞，左右腾挪，也不输那公孙大娘弟子风范。正见那白气一团之际，忽然老头一声大喊，跳出剑圈，又回到座上，面不改色。郑先生肃然起敬道："您真是高人呀！请让我敬您一杯，真是相见恨晚啊！"看看太阳已经下山了，郑先生起身告辞。老头殷勤地送过桥来，说道："我和您，都是不合时宜之辈，如果您有闲，请随时来我这边赏玩。"郑先生道："我是那不邀自来的人，一定时常来叨扰！"从这以后，郑先生每天都去拜访老头，每日清谈不倦，醉后才回。

交月余，渐与谈诗词，皆得妙谛；唯绝口不论书画。先生一日不能忍，告叟曰："翁亦知某善书画乎？"曰："不知。"曰："自信沉迷于此，已三折肱①。近今士大夫，颇有嗜痂癖②，争致拙作，甚非易事。翁素壁既空空，何不以素楮使献

郑板桥的《柱石图》中，巨石敦厚坚实、凌空孤立，颇具雄强刚直之美和顶天立地之丈夫气概。

一怪石兀立，三枝墨竹伸展于石后，墨色浓而纯，突出了竹旺盛的生命力。

所长，亦藉酬东道谊？"曰："劝君且进一杯。"呼儿磨墨，"楮先生藏之已久，实满眼无一佳士如先生者，故素壁犹虚。顷既相逢，何敢失之交臂"。先生投袂而起，视斋中笔墨纸砚已就，即为挥毫，顷刻十余帧，然后一一书款。叟曰："小泉乃怪叟字，请赐呼，荣甚！"先生诧曰："何翁雅人，与贱商某甲同号？"叟曰："偶相同耳。鲁有两曾参③，同名何害？要有清浊之辨耳。"先生信以为实，即书"小泉"二字与之。叟曰："墨宝非常，从此辉生蓬壁。然不可妄与商人，恐此辈皮相，不能辨珠玉，徒损清名耳。"先生然之。旋又畅饮，归则已二鼓矣。同人问何之，先生盛夸叟。众曰："邗江向无此人。公所见，得无妖魅乎？且彼处丛葬榛莽，向无居人，明当同访，以蠲其疑。"翌晨，众果偕去，则茅舍全无，唯一湾流水，满地肴核而已。先生大惊，以为遇鬼。旋豁然悟，大叹曰："商人狡狯，竟能仿萧翼故事④，赚我书画耶！"归则使人潜侦某甲家，则已满壁悬挂，墨渖淋漓，犹未干也⑤。

【注释】

① 三折肱(gōng)：指多次折断胳臂，在治疗过程中，逐渐变成一个好医生。比喻处理某事因遭受挫折多而积累经验，成为行家。肱，手臂。

② 嗜痂癖：原指爱吃疮痂的癖性，后形容怪癖的嗜好。典出自唐李延寿《南史·刘穆之传》，文曰："邕性嗜食疮痂，以为味似鳆鱼。尝诣孟灵休，灵休先患灸疮，痂落在床，邕取食之。灵休大惊，痂未落者，悉褫取饴邕。邕去，灵休与何勖书曰：'刘邕向顾见啖，遂举体流血。'南康国吏二百许人，不问有罪无罪，递与鞭，疮痂常以给膳。"

③ 鲁有两曾参：典出《西京杂记》。文载："昔鲁有两曾参，赵有两毛遂。南曾参杀人见捕，人以告北曾参母。野人毛遂坠井而死，客以告平原君。平原君曰：'嗟乎，天丧予矣。'既而知野人毛遂，非平原君客也。岂得以昔之秋胡失礼，而绝婚今之秋胡哉？物固亦有似之而非者，玉之未理者为璞，死鼠未屠者亦为璞；月之旦为朔，车之辐亦谓之朔，名齐实异，所宜辨也。"

④ 萧翼故事：指萧翼曾伪装为书生与辩才和尚交往，在获得辩才信任后，最终骗走其王羲之《兰亭集序》法帖真迹。萧翼，梁元帝曾孙，唐太宗之际做过御史。

⑤ 渖(shěn)：汁液。

【译文】

　　交往有一个来月后，渐渐和先生讨论起诗词，老头往往能说出其中妙境真谛，但绝口不谈论书画。有一天，郑先生实在忍不住了，告诉老头说："您是否也知道我擅长书画？"老头说："不知道。"先生说："我自认为我沉迷于书画，也算是此中行家了。现今的士大夫，都很有嗜痂之癖，纷纷想要得到我的作品，还很不容易得到。您家既然白壁空空，何不拿些白纸来让我展现一下我的长处，也可让我藉以谢谢您的款待？"老头说："请让我再敬您一大杯。"然后叫童子磨墨："纸张早就准备好了，只是眼前实在没

有谁像先生一样，所以白璧一直空着。近来既与先生相逢，怎么敢失之交臂呢。"先生
马上将起袖子站起来，看看书房中笔墨纸砚已经准备好了，就立刻挥毫，一下子就写
成十几幅，然后一一落款。老头说："小泉是我的字，请为我落款小泉，非常荣幸。"先
生惊诧道："您这么雅致的人，怎么和那扬州鄙客商人的名号一样呢？"老头说："恰
巧相同罢了。鲁国有两个曾参，同名又何妨？关键是要能辨清清浊。"先生信以为真，就
落款"小泉"二字给他。老头说："您的墨宝非同寻常，从此真是蓬荜生辉了。但您千万
不要随便给商人，恐怕这些人只看表面，并不能辨别真正的好东西，倒白白玷污了您的
清名。"先生很同意老头的说法。回头又接着痛饮，等先生回去时已经是二更天了。朋
友们问先生到哪里去了，先生极力夸赞老头。众人说："扬州一向并无此号人物。您所
见到的，难道是妖魅么？而且那地方杂草丛生，乱坟处处，从来没人居住；明天该和
您一道走访，以便释疑。"第二天清晨，大家果然一起去访求老叟，到那却发现，茅舍
全无踪迹，只有一湾流水，满地果核骨头而已。郑先生大惊，以为碰到鬼了；马上又豁
然醒悟，感叹道："商人狡猾，竟然能像萧翼一样，赚到我的书画！"回去后派人暗地
侦查，那商人家已经满壁悬挂他的书画，连墨迹都还新鲜淋漓好像没干的样子。

　　懊侬氏曰：龙，神物也，风云变幻，天地为冥；人能知其性，且豢
之，使俯首就烹割。某甲之设赚局也，布置当行，处处搔着板桥痒处，使
彼一齐捧出，毫不吝惜。甲虽市贾，犹是可儿。近则皮相耳食①，纯购赝
本，强偷豪窃，几类穿窬②。使板桥复生，虽有神龙翔蠢之计③，又复奈
何？余故下一转语曰④："人道某甲赚板桥，余道板桥赚某甲。"

【注释】

① 皮相耳食：指那些不加省察，相信表面和传闻的人。

② 窬（yú）：通"逾"，翻越。穿窬之辈指翻墙偷盗之辈。

③翥（zhù）：飞，高飞。

④转语：佛教语。禅宗谓拨转心机，使之恍
　然大悟的机锋话语。如《云门三转语》、
　《赵州三转语》等。

【译文】

　　懊侬氏说：龙是神奇之物，风云变
幻，天地为之昏暗；人如果能了解了它的
性情，并豢养它，就能使它乖乖地任人宰
割。甄小泉设的骗局，一切布置都非常内
行，处处都搔到郑板桥的痒处，使得他
把自己的本事一齐捧出，毫不吝惜。甄小
泉虽然是个商人，但也还是个妙人。现
在那些皮相耳食之辈，只知道买赝品，甚
至巧取豪夺，和强盗没什么两样。假如郑
板桥再生，即便有神龙展翅飞翔的办法，
又能拿他们有什么办法？所以我要说句
判语："人都说某甲赚板桥，我说板桥赚
某甲。"

郑板桥曾应盐商之求作兰花图，画面颇怪，一角纯是兰叶，一角
纯是兰花，并题诗云："写来兰叶并无花，写出花枝没叶遮。我辈岂
能构全局，也须合拢作生涯。""合拢"是勾结之意，讽刺盐商勾结官
府，操控盐市。

　　首先必须确认，这篇《雅赚》是一个故
事，未必真有其事。只因生活中的真人郑板
桥是个性情真得有些"作"的人，所以被拿

来作故事主人公了。其次这个故事讲得太有趣了。甄小泉是盐商中最富的一个，极想得到郑板桥的书画；而郑板桥极讨厌富人，尤其是富人中最富的盐商。而且，作为盐商巨子，甄小泉却性情鄙劣，尤为郑板桥所憎恶；作为艺界翘楚，郑板桥的书画尤为盐商所重，甄小泉以不得郑板桥书画为耻辱——故事来了。于是，甄小泉竟就投郑板桥所好，以高雅的隐士姿态与郑板桥邂逅、交往，从而获得郑板桥的欣赏，并最终获得郑板桥的大量真迹。见过商人作伪以牟利，却没见过商人作雅以赚人，连郑板桥那等人物都被骗了，甄小泉能成盐商巨子，不是浪得虚名。因为故事假得跟真的似的，弄得人们把故事内容当作郑板桥的轶事采信。最后，故事本身虽然非常有意思，但更有意思的是作者讲完故事后的那段评点，真是画龙点睛，精妙绝伦。作者认为，大家都以为甄小泉巧为饰绘赚了郑板桥，实际是郑板桥最终赚了甄小泉。想那甄小泉，自小贫困，见惯人间势利，终于凭借自己的努力，富甲一方，性情难免有些鄙俗拙劣。他被郑板桥那么一歧视冷落，竟苦心修炼，务必成才，最终居然能与郑板桥平等交心，无论态度、言语、行止，无不"搔着板桥痒处"，让郑板桥恨不得掏心相待，竟成了一个雅士可人，岂不是郑板桥之雅赚走甄小泉之俗么，从此人间少一鄙俗盐商，多一风雅怪叟，果然是"雅赚"啊！

作者宣鼎也出身贫困，二十六岁时曾"奉生父命赘入外家"，与表妹成亲并入赘到表妹家，也见惯人世冷暖炎凉。四十岁生日那天，宣鼎与朋友登高，回来才想起是自己生日，想到自己半生蹉跎，流落异乡，充当幕僚，便"僵卧不语，亦不哭，明日遂病"。之后，他辞去幕僚职务，开始写作，"裁笺为阄，取生平目所见，耳所闻，心所记忆且深信者，仿稗官例，先书一百余目。每夕作文一篇或两篇"（《夜雨秋灯录·自序》），竟然渐入佳境。以此，宣鼎对郑板桥见惯炎凉后成真名士的怪倔和甄小泉尝够辛苦后成大商贾的鄙俗都有达观的理解，也才能作出《雅赚》这么通透的故事来。

蔡尔康评价宣鼎的小说："书奇事则可愕可惊，志畸行则如泣如诉，论世故则若嘲若讽，摩艳情则不即不离。是盖合说部之众长，而作写怀之别调也。"（《夜雨秋灯录·蔡尔康序》）评得真准！宣鼎很会讲故事，最重要的是，他对他笔下的人物都充满通透的理解，很让人叹怀! 宣鼎那些故事作品后来汇成《夜雨秋灯录》, 一出版问世, 即"价重鸡林, 誉隆鹏冠"(《夜雨秋灯录·蔡尔康序》)太出名了, 于是又出了《续录》。

　　宣鼎的故事每每在结束时用"懊侬氏曰"来发表看法, 据《汉语大词典》的解释, "懊侬"意为"烦闷", 宣鼎曾有《梅赞》写道: "愿开迟, 莫开早, 忍严寒, 毋懊恼, 恼公复恼公, 懊侬复懊侬"(《〈石梅合册〉画赞》), "懊侬氏曰"是反用其意, 叫人要通达, 莫懊恼、烦闷么?